# 春風起时你在哪里

清风徐——著

黄山书社

**图书在版编目（CIP）数据**

春风起时，你在哪里 / 清风徐著 . — 合肥 : 黄山书社 , 2018.9

ISBN 978-7-5461-7714-4

Ⅰ . ①春… Ⅱ . ①清… Ⅲ . ①散文集 - 中国 - 当代 Ⅳ . ① I267

**中国版本图书馆 CIP 数据核字 (2018) 第 214311 号**

**春风起时，你在哪里**
CHUNFENGQISHI,NIZAINALI

清风徐 著

出品人 王晓光
责任编辑 高 杨
装帧设计 私书坊_刘 俊
责任印制 戚 帅 李 磊
出版发行 时代出版传媒股份有限公司（http://www.press-mart.com）
黄山书社（http://www.hspress.cn）
地址邮编 安徽省合肥市蜀山区翡翠路 1118 号出版传媒广场 7 层 230071
印 刷 安徽新华印刷股份有限公司
版 次 2018 年 11 月第 1 版
印 次 2018 年 11 月第 1 次印刷
开 本 880mm × 1230mm 1/32
字 数 220 千字
印 张 10.75
书 号 ISBN 978-7-5461-7714-4
定 价 35.00 元

服务热线 0551-63533706
销售热线 0551-63533761
官方直营书店（http://hsssbook.taobao.com）

# 那一双替我们看看这里看看那里的眼睛

许辉

清风徐的最新散文集《春风起时，你在哪里》即将新鲜面世，可喜可贺！

记得很多年以前在合肥，总是在报纸的副刊上读到清风徐写生活和远方的散文，那时候的清风徐，散文写的是周围的人事，写的是身边的生活，写的是青春蓬勃、辽远的胸怀和恍然的梦想，清新流畅，又扎实温厚，不由对作者格外留意起来。待见到她时，发现她有着一副南方女孩般清秀的外表，北方姑娘般火热的内心，又有着一双会说话、不设防、爱生活的眼睛，不由就对从祖国最北方的冰天雪地迢迢而来拥抱人生梦想的这个敢作敢为的女孩，有了几分好奇，添了几分好感，多了几分亲近。许多年以后，我匆匆前往哈尔滨参加首届中国—俄罗斯文学合作交流会，交流活动刚结束未及参观又匆匆返程，返程前给清风徐打了个电话，算是到哈尔滨给老友的一个报到。一晃又过去多年。现在，这本《春风起时，你在哪里》的书稿摆在我的面前。这本书写了什么？清风徐散文的内容和风格又有了哪些变化？这些都是我迫切想要知道的。

《春风起时，你在哪里》收录了清风徐多年来写就的散文近80篇，这些散文约略分为七辑，第一辑名为“故园”，写故乡，写亲情，写旧事；第二辑名为“流年”，写岁月，写友情，写人生；第三辑名为“北方”，写东北，写风土，写人情；第四辑名为“远方”，写脚步，写世界，写思考；第五辑名为“遇见”，写路上，写偶遇，写机缘；第六辑名为“读你”，写友人，写内心，写曾经；第七辑名为“食事”，写地域，写时节，写饮食。

我自然是最爱读故土亲情、地域饮食这些内容的，因此第一辑“故园”和第七辑“食事”成为我阅读的重点，我也从中找到了我对北方大地人文渴望了解的某种答案。《列车前方到站——宋站》写一个小女孩对北方一个叫“宋”的小火车站的注视和记忆，当然还有姥姥的人生、妈妈的曾经、与外族的交往史、老房子、亲人以及我对过往岁月的某种怅然。《我爸》则是女儿眼中的老爸，那是一个有个性的男人，既救死扶伤，又很有脾气，既勇挑家族重担，又喜爱地理风俗，他不是那种完美的男人，但却是有棱角、会担当的男人。《落雪时想起童年》是靠山屯的童年旧事，熟悉的爷爷奶奶家的味道，杀年猪的年味，埋在雪堆里的猪肉以及梦幻般露天的电影。《东北爷们的下酒菜》写东北地产美食，“小麦穗”、鸡蛋酱、旱黄瓜、小辣椒，也许对男人来说，与酒相搭的那才真叫美食。清风徐的这些散文的积淀像北方的黑土地一样厚实、肥沃、养人，它告诉我们的，不单单是过去的记忆，更多的是生活在那些积淀上的人的性格的形成和价值的认同。清见徐写长辈，写男人笔墨犀利、性格鲜明、丰简恰当，给人留下深刻印象。我曾经连续读过一二十部东北作家的长篇小说，对那种苍远之风感受颇深。清风徐的这类散文更多有浑厚之气，读来胸中也如文章的气韵一样，逐渐逐渐的，就安稳踏实下来了。

读清风徐的这些佳篇美文，内心总有一种漫步无边黑土地的感觉，解馋并且过瘾。这本书不见南方某些小女生的纤细，骨子里还是北方女子那种浑厚和扎实。多年以后，只见清风徐的色调变得更浓烈了，像北方秋天的树林；清风徐的语言变得更劲道了，像东北的烈柴大菜；清风徐的内心也变得更坦然、温厚了，像我印象中北方的旷野、缓缓的山脉和深蓝的湖泊。读这本书，眼前浮现的，就是一双替我们看看这里、看看那里，看看人生、看看岁月、看看远方、看看风景并看看心灵的美丽眼睛。

2018 年 7 月 22 日星期日上午 合肥淮北佬斋

# 目　录

**第七辑　食事**

第一辑

# 故园

离开我一辈又一辈亲人的宋站。我母亲的宋站。也是我的宋站。我的姥姥和姥爷如今在那片荒原上沉睡着，沐浴雨露，拂着清风，寂静地存在着。

生命多像一次传奇和偶然，而这列车，将携着我们，奔向新的传奇和偶然。

# 列车前方到站——宋站

宋，地名，中国唯一以单字命名的地方。这是中东铁路滨洲沿线上的一个四等小站，介于我的居住地和我的故乡之间。近些年由于高速公路的便捷，乘火车出行渐少，而从公路回故乡无需经由宋站。偶尔乘坐火车，会格外珍惜与这块土地交错的瞬间。列车大多也只是通过，“通过”在铁路上的含义是不停靠。即便不停靠，闭着眼睛，在列车不动声色的变轨过程中，根据脚下细微的颠簸也能推断，列车正抚摩的，是我熟悉的脉搏。睁开眼时，站台已倏忽远去。站牌上的“宋”字，只一眨眼的工夫，就风一样旋卷而去。

也会逢上乘坐普快列车，临近宋站，听典型的铁路腔报站名：“列车前方到站——宋站车站，正点到达时间……停车 3 分，有在宋站下车的旅客，请您携带好随身物品准备下车……”一个字的地名叫起来确实别扭，久而久之，人们就随了车站，把这小镇约定俗成地叫成了宋站。

我对宋站的情感，是连着血脉亲情的。这里是我妈妈的故乡。

我妈妈的姥爷，我称太姥爷，据说家境殷实。太姥姥嫁过来以后相夫教子，春耕秋收。她跟太姥爷商量回娘家看看，太姥爷说马上春耕了，铲完地就回去。地铲完了，又得忙活别的事，太姥爷说，秋收过了就回去。秋收后，太姥爷又承诺过年回去吧。过了年，紧接着又春耕……太姥爷就这样哄了太姥姥一辈子。太姥姥一辈子没有回过娘家。她娘家并不远，被称为“江南”的那个地方，其实指的是松花江南岸，百十里路而已。

太姥姥回娘家的梦想一直延续着。她的儿女们在她的梦想中不可阻挡地长大着。

我姥姥到了嫁人的年纪，太姥爷十里八乡地开始选女婿，很快与毗邻的乡下一大户人家定了亲。正月里，我姥姥一行人坐着马车去相亲。马车走出去没多远，一顽童在路边放爆竹，“砰”的一响，枣红马受了惊吓，四蹄腾空，做天马行空状，车老板把紧缰绳，奋力维稳。我姥姥他们在马蹄腾空的瞬间纷纷出溜下去，好在并无大碍。那天的相亲就取消了。对方同时回绝了这门亲事，人家认为兆头太坏，另许他人吧。

太姥爷的观念里，从此认定二丫头担不起富人的，索性给我姥姥选了当时最穷的一个放牛倌。这个牛倌，就是我姥爷。

我姥爷自幼丧父，一个寡母带着兄妹两人从渤海湾逃荒至此。像被风儿刮来、被飞鸟衔来的种子，落地生根，再也没有离开。我姥爷有多穷呢？这么说吧，结婚当天，他从邻居家借来一床被子，第二天送还回去。

我姥爷憨厚耿直。我小时候的印象中，冬天的早晨我姥爷要把炉子生好，屋子里有了热乎气了，我姥姥才起来。这在当初大男子主义盛行的东北，非比寻常。我姥姥二小姐的优越感，我是从她尖锐刻薄的语气中感受到的。她数落我姥爷的时候，我姥爷闷头抽烟，绝不还嘴。

我姥爷会日语，懂俄语。按现在的说法叫自学成才。古代有个文学家吧，打小边放牛边在窗下听私塾先生给公子哥们上课，相信也绝非编派出来的故事。我姥爷放牛的雇主是苏联人。我不知道我姥爷的雇主是哪个时期来到中国的，是中东铁路修建的时候，还是苏联专家支援的时候？但是他们是跟着大批苏联专家一起撤走的。当我想起问这段历史的时候，我姥姥和姥爷都已经长眠在地下了。

苏联人一家四口，男的叫蝈哩，女的叫啵哩。我姥爷做他们的牛倌，可谓尽心尽力。他们既欣赏我姥爷的为人，又同情我姥爷的家境。有一回他家的奶牛生了乳牛，两口子就送了一只给我姥爷。有句俗话叫“乳牛见乳牛，三年五个头”，意思是养牛如果运气好，母牛总是生母牛，三年队伍就壮大了。

我姥爷果然运气好。一年又一年，他竟成了宋站的养牛大户。我爸七十年代跟我妈结婚的时候，我姥爷有个绰号叫“杨百万”。分析人士自然能理解，八十年代才有“万元户”一词，七十年代再富能富成啥样，以讹传讹罢了。

但是当时姥爷脱贫致富了这是一定的。三年困难时期，别人家没吃的，我妈是喝牛奶长大的。我妈回忆她们家曾经有个很大很大的院子，她跟蝈哩家的小孩一起玩儿，玩过家家，用砖头垒砌炉灶，把西米单（一种奶制品）放在里面燃烧，就着火焰烤饼干吃。

后来那个大院子在合作化道路的进程中，做了当地的奶牛大集。蝈哩一家和我姥爷家只能迁往别处。日子像肥硕的奶牛的步态，不紧不慢地在奶牛队伍继续壮大的进程中静悄悄地过了三四年。他们所在区域似乎像现在的经济技术开发区，养牛户大多集中于此。有一李姓养牛户，与蝈哩家走动频繁，走频繁以后就出了问题。一天深夜蝈哩家的牛棚燃起熊熊大火，奶牛“嗷嗷”叫的时候棚子烧得落了架，众人将火扑灭以后，牛已经全部烧死。大家传言，火是李家老爷们放的，但是没有证据。李家老爷们怀疑他的女人与蝈哩有染，他也没有证据。此事如何结束，不得而知。但是苏联人自此家道崩落。

这时候就到了1960年，蝈哩举家回国。临别时，蝈哩赠与我姥爷一支自制的猎枪，还有两发子弹，留作纪念。我姥爷是打猎高手，得到这样的宝贝喜不自禁。有一回带了出去打野鸭子，不知道什么原因，枪膛炸了，姥爷的小手指被崩掉。我姥姥很多年之后一直耿耿于怀，“救人的是小蝈哩，害人的也是小蝈哩”。

其实在你的生活里出现的人哪个不是亦喜亦忧的角色呢？滤掉俗常的点滴琐事，若干年后跳出来看的时候，你会发现，有些人，生命中不能没有他。

小蝈哩的意义就在于此。我姥爷一个老实巴交的放牛倌，若没有这种机缘，恐怕一辈子要为几条被子去挣扎。他的儿女们，也毫无疑问只有在盐碱地上努力刨食果腹。这些假设，完全有成立的可能。当然也不能完全依赖运气说，运气是多么不靠谱的东西啊！我也不喜欢把小蝈哩说成国际主义精神，未免太宏大。我比较能够接受的解释，是那块土地的质朴与人性使然，人与人之间有彼此惺惺相惜的善意，我吃饭，你至少喝得上粥，这样，我才心安。

从我妈身上，至今可以看出养尊处优的痕迹，大大咧咧，大手大脚，性格一意孤行不计后果。她在最应该经受磨砺的那三年喝牛奶度过，这让我多少有些遗憾，我总觉得人是需要吃苦的，吃过苦的人会培养出细致缜密的心思，会更加善解人意。我妈是被富养的，有人说过，女孩儿小时候优越的生活就像打了免疫针，会自然而然地影响她对人生的态度。我妈在家里是唯一的女儿，有兄有弟，我姥姥家的大事小事都是我妈说了算，即使结了婚，离开宋站，回到娘家仍然事无巨细，她都会一马当先，是典型的大家庭里的掌门人。我妈在我姥爷和我姥姥临终之前，更是端茶送水，擦屎接尿，极尽孝道。

我妈的家庭责任感极强。她姥姥一辈子没回过娘家，而她一两个礼拜就得回家看望爹妈。那时候每周只休息一天，我和弟弟都年幼，洗衣做饭各种家务，要耗费她巨大精力。我家到姥姥家需乘坐火车才能抵达。我的一个舅舅在 26 岁时不幸意外身亡，另一个舅舅远在千里之外，我妈没有吃过苦的身心终于得到锻炼。我大约在十岁上下的时候，开始替我妈有了分担，年少的我乘坐火车来往于宋站与我家之间，宋站人称“跑车板的”。有人问，怕不怕？我说没什么可怕的啊。现在想来，那是因为我从没遇到过可怕的事儿。

我的火车情结就是那时候开始形成的。

宋站火车站没有地下通道，没有天桥，所有旅客无论上车还是下车，必须横跨若干根铁轨。若是轨道上没有列车，大家就零零散散地走过去。若是正有经停的车辆，刚下车的旅客就在站台上等，火车缓缓驶离，密集的人群开始跳下站台穿越铁路，场景蔚为壮观。星期日的傍晚我会在暮色苍茫中去赶回家的火车。看时间还早，我不急于奔候车室，晃晃悠悠地行走在两根铁轨间，数着枕木的数目，数也数不完。

我还在距离火车站不远处的一座老房子里住过。苏联人修铁路时候建的房子，砖木结构，外表涂着黄漆，墙体厚实，屋子里举架高深，门和门把手虽然老态，却精致，木地板踩上去有响声。半夜，我听见火车时不时地经过，震得土炕不知是真的摇晃还是我的错觉，我掀开窗帘趴在窗台上看，有时候看到的是客车，有时候是有着蒸汽机机头冒着白烟的货车，“呼哧呼哧”地喘息着，不知道从哪里来，向哪里去。那年有个朋友说要开咖啡馆，我的眼前立即闪现出那座老房子。很文艺地想象一下，隆冬的傍晚，雪花纷飞，归途中的旅人没能赶得上最近的一班火车，他有两个小时需要消磨，徘徊的时刻，瞥见车站后这栋老房子，房檐的招牌上画着一只冒热气的咖啡杯……

“旅客朋友，列车即将离开宋站车站，有送亲友的旅客请您下车……”3分钟，我的思绪飞过了一个世纪。车轮缓缓启动，站台上的人先是一个一个退去，接着是站牌，那几棵粗壮的老树，然后是人群一片一片闪过。火车在每一次启动的时刻都像与停靠地难舍难分的别离，让刚才紧紧的拥抱缓缓地松开，慢慢加速，让你觉得它好像忽然去意已决，狠狠心，离开吧，便飞奔起来。

离开的是我一辈又一辈亲人的宋站。我母亲的宋站。也是我的宋站。我的姥姥和姥爷如今在那片荒原上沉睡着，沐浴雨露，拂着清风，寂静地存在着。

生命多像一次传奇和偶然，而这列车，将携着我们，奔向新的传奇和偶然。

# 家族里的先贤们

若问谁家子？莱阳一脉根。
栖霞累先祖，辽海隐荒村。

——摘自《徐氏谱书》

三百八十多年前，山东莱阳名士徐慎义，卷入了一场文人的官司，因为避乱而出逃。这次出逃，穿越汹涌的渤海海峡，从胶东半岛跨到辽东半岛，可谓“义”无反顾。他踏上古复州（今大连瓦房店、普兰店一带）的土地，河水淙淙，草木丰茂，虽然人迹罕至，却正是逃难者理想的家园。行至大沙河东岸，不知是晨雾还是暮霭锁住了他的目光，他停下脚步，择水而憩，开荒种地，生儿育女。这一住，就是生生世世。他给自己的村子取名太平庄，其意不言而喻。从此，辽南太平庄，成了后世子孙仰望的地方。

徐慎义——徐氏家族的东北始祖。到我这辈，已是第十世。

中国传统观念里升官发财是光耀门庭的事，时至今日也还在继承传统。但今日与那时的区别在于，老辈儿人讲究“万般皆下品，唯有读书高”，那时的名利需靠读书来实现，而现在却复杂得多。《徐氏谱书》最早由六世子孙徐铁琴整理，成书于1930年，原书我没见过，但我看过清末弼德院三十二顾问大臣之一、同是莱阳人的王垿写的《奉天复州徐氏族谱序》，“君家慎义公，孤身远徙，再世而富，四世而贵，仕宦科名，连绵不绝。”

始祖慎义有两个儿子，长子叫文英，次子叫文玉。两个儿子成长起来以后，亦读书，亦躬耕，家境渐渐富裕。慎义公既然当时贵为名士，出逃时也一定带些金银细软，生存的基本条件应该不会太差，加上勤俭持家，教子有方，“再世而富”便顺理成章。我们属于老二文玉这一支。文玉生了儿子徐观。徐观生了五个儿子，德邻、祥霖、瑞霖、泰霖、作霖，“四世而贵”说的即是这一代。

这一代的代表人物是徐作霖。徐作霖（1787—1868）字云庄，号雨浓，补拙堂堂主。此先贤自幼聪明过人，喜好读书，嘉庆丙子科举人，乙卯科进士，钦点国子监学正。学正好像也不是什么大不了的官，后来到甘肃礼县任知县，算是提拔。知县也不过七品，但那是青天大老爷啦，黎民百姓要顶礼膜拜的，他自知责任在肩，尤为重视读书，在当地建起魁星阁，亲自到书院教授，批阅试卷，一时民风向上，深得百姓赞赏。当时在陕甘边界有土匪盘踞，打家劫舍，人心惶惶。徐知县决意剿匪，邻县县令劝告，炮子不识官也。徐作霖以诗“草寇南山出没频，霜晨追捕不逡巡”表决心。剿匪成功，特别值得一提的是解救了结婚七天就被掳去做妾的一民女。徐知县率众捕役回城已是夜半时分，百姓掌灯跪迎。好官的名声自此声名远播。徐作霖在礼县做了两年知县后调任静宁州知州，后因遭妒忌被诬陷，愤而辞官回到复州。

关于徐作霖能查到的资料大多来源于大连的史料研究人士。上世纪九十年代，我二叔在甘肃兰州工作，曾亲自去礼县、静宁查县志，由于清朝末期甘肃回民暴动县志被毁，在甘肃省档案馆也一无所获。只在礼县访到当年徐作霖留在祁山武侯祠的一首诗——

祁山读罢武侯诗，
尚想先生六出时。
全蜀已安刘社稷，

中原本是汉城池。
阿瞒北魏无遗冢，
诸葛南阳有故祠。
正气于今归白帝，
何须成败怨姜维。

徐作霖回到家乡五十余岁，侍弄花草，读书写字，吟诗作赋，著有诗集《补拙堂诗草》。除此之外，他教授家族和乡邻的孩童，做了一件既清净又造福后代的事。六十岁那年，他的第四个儿子徐树年出生。

徐树年（1847—1916）字立叔，号月溪老人，瘦柏堂堂主。徐树年出生的时间真是幸运，父亲有的是时间启蒙心智，传承古训，加之树年天资聪慧，小小年纪精通格律，一时间传为佳话。其时徐作霖长子徐大年做南宫县（今属河北邢台）知县，受其父影响，亦是舞文弄墨的才子，树年5岁时候，大年英年早逝，诗集《东崖诗草》未及付梓。

丧子之痛的阴影，在这个家庭中久久不能散去。徐树年虽是小公子，却格外懂事，他既能关照到父母的情绪，也能潜下心来，习字作赋，研读四书五经。后来上了国子监，却因为身体原因，没有完成学业。父亲徐作霖在他21岁时去世。多年在父亲身边濡染，父亲的学识思想，父亲归隐之后的生活习惯，塑造了他一生的性情与追求。此后徐树年一直没离开太平庄，终生伴着大沙河的流水，在先祖开辟的家园过着闲云野鹤般的生活。每日洒扫、焚香、静思，心里藏着大境界。与人相处情谊深厚，轩前那片庭园被他称之为“柯园”，在园中，以诗会友，挥毫泼墨、品茶论道。他擅长书法，精于楷体。诗风锦绣，他的诗既写山水，也写人情，既有忠君思想，也有忧国情怀。诗魔月溪老人，很长一段时期以来，成为辽南地区有口皆碑的人物。其诗集《瘦柏堂诗草》在战乱中遗失，遵照遗愿，长子徐铁琴于1937年出版了另一部诗稿《柯园诗抄》。

徐石臣（1872—1943）字铁琴，徐氏家族第六世。徐铁琴在当时书画界鼎鼎有名，自然是与家学影响分不开的。有资料显示，徐铁琴擅画山水，常常在山间观云海，看迷雾，望远山近树，揣摩画境。他的画作也取材于田园，垂柳、池塘、荷花、飞鸟，信手拈来，瞬间入画。曾有一幅《荷花翠鸟图》，拙朴灵动，乡土气息浓郁，属于典型的中国画技法。题款彰显文学功力，书法格局大气，足见江河行云之流韵。还有一副传播甚广的对联，渗透文字修养，又见作者心性：“修竹气同贤者静，春山情若故人长。”读书人的淡泊明志，对友谊长青的愿望，跃然纸上。文人所祈愿的现世安稳，有时候显得那么卑微而无力。太平庄曾遭遇一场浩劫，沙俄入侵大连时，村民与俄军发生冲突，俄军放火焚烧了村庄，徐氏老宅、文玩字画、若干诗稿，毁于一旦。其中包括徐铁琴的作品，到底有多少，不得而知。据大连一位叫王学礼的史学人士介绍，徐铁琴后期作品在“文革”中被一位老人埋藏地下，但是后来挖掘出来已经面目全非。

徐铁琴是个家族观念很重的人，徐氏第一次修谱就是由他完成的，他见证了家族最为鼎盛的时期。父亲月溪老人，叔叔徐大年，著有诗集的还有堂叔徐延年（《菊坡诗草》），弟弟徐梦臣（《青来诗草》），以及被称为辽南第一诗文世家代表人物的堂兄徐赓臣，他在这样的氛围里成长起来，对这个家族的情感就不难理解了。

徐赓臣（1824—1880）字韵初，号东沙，徐氏家族第六世。道光年间拔贡，咸丰十年朝考第一，中进士，钦点翰林院庶吉士。

徐赓臣到翰林院工作后，流传甚广的一个故事是，癸丑科三位主考大人联名推荐他做太子老师（后来的同治皇帝），竟被他推辞了！后来去了肥乡（河北省肥乡县）做知县。一说咸丰皇帝看他太狂妄，让他去基层磨炼。另一说他当时近距离接触朝廷以后，发现大清政府种种弊病，一腔壮志无处酬，遂自己要求赴任河北。在任期间，爱民如子，百姓拥戴，然而不到一年，因母亲病故而回乡守孝。后来受清军提督鲍春霆（鲍超）聘请，到南阳平叛，参与策划军机，立下战功，被授知府头衔，赏戴孔雀翎。但与此同时，徐赓臣目睹了清王朝的日渐衰落，腐败无能，终至心灰意冷。

他选择了与先祖徐作霖同样的道路——辞官，回家。

大约每个行走仕途的人都怀有“精忠报国”的梦想，当看清了现实的样子，有人随波逐流，有人迷途知返。古代都是文人做官，一言不合就辞官，恰恰体现了文人的风骨和志向！

徐赓臣辞官后有一段时间云游四方，寻访古迹，凭吊历史，以诗记之。他在漫游中原后的归途中写下诗作《庚年北归山海关旅舍》，想到当初赶考也曾路过此地，作诗感慨——

绝胜久断梦里归，
何辞驿路雪菲菲。
河深久断人行迹，
野店何来夜扣扉。
入世自知经济拙，
问心不羡官囊肥。
明朝走马榆关道，
万里城头看旭晖。

徐赓臣回乡做的事情与徐作霖无异。复州城在道光年间建了一座书院——横山书院，属辽南当时的最高学府。徐赓臣受复州知州聘请，于书院讲学五年，《复县志略》记载：“君为学博涉经史，工诗古文辞，议论不落凡。”他拒绝了做太子老师的尊贵之位，却选择在小小复州点化平民子弟，的确需要襟怀。徐赓臣的胸襟从这些对联中可窥知一二，“胸中无憾事，眼里尽贤人”“文章秋水澄鲜极，人品春山蕴藉多”“君子比德似玉,仁者其言如春”“沽酒晋谈乡父老,解衣平视汉公卿”“月沼观心清若镜，云房养性润如珠”“离宫照明几番妙舞翻红雪，瑶池凌空一曲清歌卷白云”……

徐赓臣经历了两次鸦片战争，并且在云游途中染上烟瘾。随后很快意识到鸦片对中国人的毒害！他痛下决心戒烟。在这个过程中，他写下了劝诫毒品的诗词五十余首。临终前的病重期间，身体疼痛难忍，大汗淋漓，家人想让他吸烟止疼，他以虚弱的气息坚决反对，意志难以想象地坚强，终究没有再吸一口。

徐赓臣去世时才 56 岁，葬于祖居地的徐氏陵园。他的诗作《韵初遗稿》丢失，另一部诗稿《斯宜堂诗抄》由我的同辈兄长徐仁钢在上个世纪末进行整理，费尽周折，终于出版。

这位仁钢兄，号沙石，生于 1935 年，为重修家谱，九十年代初期提前退休，用时三年，跨 14 省，行程九万余里，访在世子孙三千余人。为修谱家徒四壁，终于修谱成功。那时他两次到我家，我年龄尚小，对此事极其不理解，祖先的辉煌只能代表他们自己的荣光，我们何必躺在祖宗的功劳簿上沾沾自喜？但我忽略了另外的意义，首先，如果在江南地区，谁家出个翰林不稀奇，可我们这苦寒之地，着实是可以骄傲子孙、励志后世的。其次，谁考取进士，谁又做了知府，并不重要，以徐赓臣为代表的辽南第一诗文世家活跃于徐氏家族四世到六世时期，读书求学成为一种风尚，六位诗人中五人著有诗集。读书的品性，吟诗作画的风雅，无论哪朝哪代，都是荡涤生命的一股清流，就像始祖选择了生活在大沙河畔，我们的思想里同样也需要有一条河流。这种家族荣耀，祖上荫功，是子孙后代从行为到精神的方向。无论入世，还是出世，先贤们都做了示范。

今年清明前后，我与大连的二叔联系，打算去祖坟祭扫，同时拜访仁钢兄，想听他讲讲家族往事。二叔电话联系未果，亲自去访，回来后告诉我，仁钢已八十三岁，病重，竟然不认识这位他在修谱中强调的“堪称太平庄三百六十多年第一孝子”……

每个人都终将远去，有些人会化作后世子孙生命里的河流，一江春水，源远流长。

# 我们都曾经是县城少年

我生活过的小城，毗邻一座产石油的中等城市。打小就不断有传闻，说我们的城要划归石油城管辖了。那将有种种诱人之处，如果那样，我们每个人的生活都将受到影响。直到今天，新一辈接过老一辈的梦想，还在盼望着。

后来小城由县改市，当然是县级市，于老百姓并无多大利益。

可是无论怎样，那是我成长的地方。

春节期间，见了两拨同学。言语之间尽是从前。她们替我回忆，说我不会跳皮筋儿，说我是大笨蛋。我也纳闷了，少年时也没有其他什么娱乐项目，这些玩意我都不会那我都干了啥？

似乎经常有半天不上课的时候。去要好的同学家里，一起听音乐，抄歌词，竟然在我的老书桌里翻出了整本的手抄歌词，还带着曲谱。“铁门啊铁窗铁锁链，手扶着铁窗我望外边，外边的生活是多么美好啊，何日重返我的家园……”铁窗里的迟志强，据说因祸得福，靠着真情表白赚足了银子。

那时候我们疯迷《射雕英雄传》。收集黄蓉穆念慈郭靖杨康的照片，竟也让少年时光有声有色。然后说翁美玲自杀了，开始还怀疑是谣传，没有娱乐频道娱乐版，广播里是不说这事儿的，从哪儿传来的不知道，后来终于是信了。至于翁美玲和汤镇业之间的感情，不知道是他真的有负于她，还是她一时钻了牛角尖。如果她活着，也是五六十岁的人了。

八十年代，一切都是荒芜的。交通基本靠走，巴掌大的城区，此地到彼地，最多半个小时。上中学以后开始骑自行车。印象最深的是大年初二同学们相约集合地点，一头扎到老师家里拜年，呼啦啦的一大帮人，青春走到哪里都是一阵风，仿佛此刻还能听见回响。老师事先是不知道的，没有电话可以提前打招呼。其实不管啥时去谁家都是情理之中意料之外。人家的门若是插着那得敲开，门不插就径直进去。也有一种可能，小扣柴扉久不开——白来。

还有一回自行车之旅更有气势，幼师班的男老师带着我们四十来个女学生，骑车两个多小时去石油城的公园。那份经历，终生难忘。现在哪个老师敢有此壮举，出了事谁担责任？

我弟弟当年十分顽劣。自行车骑得虎虎生威。有一天到家发现夹在后车座子上的书包不见了，慌忙回头去找，自然找不到。那些书，还有作业本，如何能补全？我爸动用了当地媒体。

什么样的媒体呢？不是电视台不是无线电也没有平面媒体，就是那种高高挂着的大喇叭，对全城广播，但是辐射面也只局限在县委大院附近那一带。第二天遇见我同学，说大喇叭广播的寻物启事他听到了，书包有没有线索啊？一传十十传百，众口相传比“媒体”传播的范围还大，但依旧没有找到书包。后来此事成了我们家的保留故事。

这些年，常回家去，一直有愿望，带孩子到我少年时代生活的地方看一看。至今没有如愿。那天我路过南五道街，有惊喜，有失落。惊喜是因为我终于回到少年路。失落的是，怎么竟然比当年还要破败。

那条巷子，大约有两百米长吧，一下雨，烂得就像大酱缸。亲戚们大多住在这个地方，三姑远一点，但是常来扎堆。

我最初的记忆，七八岁时，我的东波叔叔正全力准备参加高考，他学习到忘我境地有个著名的典故，喝完了一碗小米粥，感叹今天的大碴子真好喝。那天又说起一件事，他妈（我爸的姑姑）为了给他增加营养，把鸡蛋打在开水里快速冲开，告诉他快点喝别让弟弟们看见了。说这话的时候，桌子上的鸡鸭鱼肉海鲜蔬菜都静静地听着，我们一时都无话。

小时候我和东波叔叔最亲近，他会出其不意地把我举过头顶，吓得我手刨脚蹬“哇哇”大叫，却也觉得很好玩。东波叔叔上了哈师大，然后去石油城工作，不久闯荡到深圳。去年春节他父亲去世我才又见到，一别经年，曾经的翩翩少年啊，如今已两鬓飞霜。我见到他的第一句话是，你怎么老了呢？

是呀，你怎么能老呢？

东波叔叔的弟弟东风叔叔不老，有点帅帅的明星范儿，低调，沉实。他是家族中的成功者。我看他的成功，不在于事业多辉煌，资产多雄厚，而是他的责任意识。他在自己向高处走的同时，把家族中的弱势一并带上，这么一来，威望就不言而喻了。还记得当年，他那会儿上初中吧，有一天递给我妈一只用弹弓打的麻雀，告诉我妈在灶坑里烤了吧，就走了。后来呢，麻雀烤好了，我妈放在灶边上，我三下两下就给扯着吃掉了。我妈发现的时候只剩下一堆碎骨头。本来嘛，麻雀就那么小。我妈急了，一会儿东风来找咋整。我说不可能吧。言外之意，他那么大的人了，好意思吗？果然是没有来。厚道的人从小就厚道。

我们这些曾经的县城少年，在蛇年的餐桌前仿佛重走了一遍那个时代。

初五，所有来自外地的亲人都要离开。我爸在家里设宴送行。大圆桌放上了，菜摆上了，酒斟上了，我爸责成我发言。

我说，最近大家吃饭吃得很辛苦，这让我想到了骆驼，它把给养存储进身体里，带着它很沉重，但这是它未来很长一段时间的供给，累，可是生命需要这种保障。我们这几日的相聚，恰恰是今后一年我们需要的能量，无论我们奔波在哪里，遇到什么样的困难和不如意，想到家，我们就会充满力量！今天我们启程，祝愿我们一路平安！

东风叔叔开车，走哈大公路。车子停到我家楼下，东波叔叔张开双臂，给我一个熊抱，嘱咐我一定去深圳看看。然后他们挑头，奔机场。我冲着车子挥手，车窗摇下的瞬间便已远去。

夜里 9:50 分，回京的小红妹妹发来信息：48 次列车正经过哈尔滨站，打个招呼哈，希望有机会多多见面。

更深的夜里，博客里有人加好友，备注写着：姐，我是博。齐齐哈尔的兄弟也已经抵达。

我们这些曾经的县城少年，又一次从县城出发，一时间，又是天涯。

# 疼

我姥姥姓初，我并不知道她的名字。别人喊她奶奶、二姐、二姨、二姑、舅妈。她有这么多身份，因此我们都忽略了她的名字。

我童年的很多时光是在她身边度过的。年幼时的事儿记不清了，但是上学以后，每逢寒暑假就会去住一阵子。

我小时候姥姥应该还不老，可是我印象中的她总是穿件深灰色的袄罩，系一条快铺到脚面的藏青色大围裙。她话不多，在我小小的心里就知道她好像总是心里有事。后来才慢慢知道，我二舅年轻的时候从马上摔下来死去了，留下舅妈和一双儿女。我姥姥咋能不沉重。

她就那么默默地一刻不停地忙碌她的人生，渐渐地，悲与喜很难从她的脸上看出来了。

我当年乐意跑姥姥家的想法很简单，有个可以玩到一起的二舅家的姐姐，还有就是因为能享用到好吃的饭菜。亲戚朋友都说我做饭味道不错，跟那时候她老人家的熏陶是有关系的。姥姥最让我们津津乐道的饭菜，至今还保留在我的记忆中。为了节约燃煤，她的饭菜往往能够在一锅里同时做好。把土豆切成条，撒上各种作料，隔水蒸，而上面放笼屉蒸花卷。菜熟了，饭也熟了。冬天蒸土豆条，夏天蒸茄子条。

她不是那种娇惯孩子的姥姥。她培养我做很多事情。拣碗，洗碗，刷锅，怎么把饭桌子抹干净。到后来我渐渐长大，她手把手教我包饺子，饺子下锅多长时间能煮熟，以及和面用什么温度的水，揪剂子要大小均匀，擀饼怎样能做到中间厚周边薄……她在做吃的方面细到极致，洁净成癖。因此她就很劳累，凡事亲历亲为。七十多岁的时候还在灶上忙碌。实际上那时候她的视力已经很差，饭做得脏兮兮的，因为自己看不到，却还是相信自己。

姥姥在家里家外出了名的节俭。而且老派的心理，要把钱放到自己家里，这钱才是自己的。所以她的钱总是这里藏那里掖的。我姥爷都不知道。她很信任我，说我嘴严。那时我十二三岁吧。有一天姥姥把我叫到厨房，让我帮她把水缸挪开。

拂去上面的一层土。用菜刀撬去两块砖，就露出了一个罐头瓶，那里面卷了好几捆钱，面值都不大，好像也就是五元的十元的。我都看傻了。她取出一卷中的一半，作为家里未来一段日子的开销。嘱咐我可不能告诉别人。我想我姥姥那么相信我，一定得守住这个秘密。后来姥姥搬了一次家。搬家后好久，听我姥爷跟我妈念叨，说我姥姥有点钱埋在水缸底下忘在老房子里了。我说我知道在哪儿，我们去找吧。我妈使劲瞪我一眼，知道你不早说，房子都卖给人家了，还怎么可能去找。

精打细算的人把钱看得很重。我每次假期结束的时候离开，她会从围裙里面的兜里摸出一张两块钱来，要是弟弟和我一起，就是两张两块的。摸出来后会在灯下仔细看了又看。然后塞给我们，说买车票。那时候车票好像很便宜，还不到一块钱吧。再后来我慢慢长大，我妈会跟她打趣，外面的物价都涨成啥样了，你这个也该涨涨啦。

她是个很会保养的人。注意锻炼身体。每天听广播里的保健节目。然后会很迷信那些个药物广告。时不时地会嘱我妈买这个牌子的降压灵，那个牌子的脉通。后来有了电视，电视的药物广告铺天盖地。她就疑惑了，都说自己的药好，到底哪个更好呢？

她已经卧床两年了，眼睛完全失明。没有话，意识也模糊了。今年秋天她过生日，我们兄弟姐妹去看她。我知道她喜欢钱，虽然她花不了钱了，但还是塞在她手里两张百元钞票。像她当年塞给我两块钱那样。

有好几次，大舅家传来消息，说姥姥快不行了。姥姥竟一次又一次地挺了过去。我知道生老病死是常情，我可以接受这样的事情。却又很自私地祈祷，姥姥啊，如果你要走，就赶在我的假期吧，我那一摊子工作放下实在有点为难。

今天傍晚，17：05 分，我的姥姥，走完了她 85 年的生命，去跟我姥爷、我二舅团聚了。

想起一首诗——《疼》

奶奶抱着我
把我
轻轻放进摇篮
我抱起奶奶
将她
轻轻放进棺木

## 我爸

小时候我跟我爸很隔膜。那时候的他古板，吝啬。我妈给我买新鞋子，明明是二十块钱，一定要说五块钱买的。小孩子只会看事物的表面，不懂追究问题的本质，哪里体会得到一家之主的难处。加上青春期的逆反，故而很长一段时间对我爸充满敌意。

中考那年，我的理科成绩一落千丈。科目越差越不喜欢，越喜欢的科目越上心。我爸恨铁不成钢，盛怒之下撕了我的作文本。警告我以后不准再写作文！

本子撕了，我的数理化成绩却没能赶上来。上省重点是不可能了。上普通高中，凭当时的理科成绩未来仍是渺茫。上师范学校呢，要拿一笔钱，对当时的我们家来说很巨大的一笔钱。

我想考技校。我很羡慕那些纺织女工白天可以待在家里，而用别人睡觉休息的时间去上班。这想法被我爸臭骂一顿。

全家在纠结中度过了中考后的暑假。最后我爸掐灭烟头，告诉我上师范吧。对于从乡村一步一步走出来、手里没有什么银两的我爸来说，这也许是他一生最艰难的决定。

我爸极其重视晚辈的学业，我们姐弟，我爸那些外甥、侄儿都在他的安排下不断地转校、留级。家住塔河的堂叔因为当地教育环境的不理想，也辗转来借读。许多年里，每到新学期开始的时候，我爸就格外忙碌。那些很牛的学校的校长，在那些天里会人间蒸发，也不知道我爸用什么法术找到他们。

我爸一辈子崇尚做学问的人。他经常会在八月的傍晚时分踱步到我家对面的一所高中，看金榜题名的学子被哪所院校录取。回来会告诉我们有谁上了中国政法，有谁上了中国科大，又有谁上了北航南航。我家祖上诗书之风盛行，在辽南一带很有名望，这在我爸看来不只是光宗耀祖的事情，那应该作为后代传承的家风。

我弟弟中学的时候抽烟，被我爸发现，抡起腰带，一顿狠打。弟弟直到现在也不再碰香烟。我爸自己也彻彻底底地戒了烟。去年我和弟弟、弟媳妇一起回家，弟弟指着家乡遍地的人力三轮车告诉他媳妇，如果当年我爸不那么管教我，现在我就应该干这个呢。

我们这一代成长起来了，说起来学历最低的是我，后来跟我爸唠嗑，他还嘲笑我不好好读书。

当年的兄弟姐妹们都不省心。我弟弟上高三的时候，因为给同学拉架，脸上留下十厘米刀痕。嫌疑人的父亲在检察机关工作，到处叫嚣，咱就是干这个的，能咋地。在那样一个年代，在那样一个小县城，我爸顶着啥样的压力打的这场官司，我不敢回忆。那次事件我弟弟最终被定性为见义勇为。很久之后有一天因为一个什么导火索，我爸把我弟弟拉到仓房，我弟弟挨揍了。可我爸说的完全不是导火索那件事。满腔的愤怒全因为弟弟脸上那一刀。又有谁知道父亲内心的挣扎？

无独有偶。我大姑的儿子，我爸的外甥，也是在那所学校，晚自习，歹徒持刀进了课堂，一瞬间弟弟举起椅子迎上去，手腕被砍断。是不是受了哥哥的影响？这个因素一定有。我爸瘦弱的身躯，又一次奔波在维权的坎坷路上。

那些年我爸的脾气很暴躁。现在看才明白是生活的压力助长了他的坏脾气。他的弟弟妹妹甚至妹夫们在他面前都毕恭毕敬言听计从。大事小事都要征求下他大舅你九叔的意见。被我姐夫戏称为“最高统帅标准爹”。

我爸在家族中的地位无可替代，是个责任感极强的人。这与他的性格，与他长期从事的医疗工作有关系。小时候的一天深夜，我在睡梦中惊醒，听到“哐哐哐”砸门的声音。原来是从前的邻居。门打开，两个上了年岁的妇女跪在地上，不住地磕头，徐大夫，救救我爸吧，你快去看看，我爸快不行了！

在没有电话、医疗卫生条件都相对落后的年代，我爸就是救星！那时候我才知道我爸是可以拯救生命的人。

六十岁以后，他应聘到一家医院继续救死扶伤。一直从事西医工作的他，又开始研究中医。他把药方做成小卡片，厚厚的一沓，没事儿的时候戴上老花镜，琢磨那些小卡片。我说这年纪了，别耗精力了。他说你不懂，多用用脑子，防止老年痴呆。

他的业余生活偏爱安静。这一点我随他。早年他听郭颂蒋大为，后来听阎维文刘和刚。喜欢二人转，还有一种已经快消失的民间艺术东北大鼓。我爸用这种最简单的文艺形式给了我最朴素的文化熏陶。

他最大的爱好是看电视。看凤凰资讯、中央四套，听军事专家分析军情，关注世界局势。他关心国家大事，关注民生。但是他一生远离政治。这一点他给我的青少年时代造成极大影响，后果严重。

这几年，我爸却强调，青年人还是要进步，别像我。所以，某一天我萌发了找组织的念头，为了我爸的愿望，我想我还是需要个组织来看管我流浪太久的心。

我爸喜欢地理，关注各地民俗风情，一直惦记着去华东一带走走，我在那里待了近十年，直到我离开，他也未能成行。我说你请一段时间的假，我带你去我生活过的地方看看，他总是说他这工作耽误不起。

岁数大了，我爸也不太管各家各户的闲事儿了。我回家会听说个什么事，问他，爸，这事你知道吗？知道有这事，我没问，也管不了那么多了。

不问“朝政”了，闲事少了，加上生活条件今非昔比，我爸这几年越来越有精气神儿，心态平和了，许多事情都能正确理解。我很少打电话给他，他从不埋怨，他说知道我忙。心里装的却都是我。跟我说他的房子留给我。我说你有儿子，还有孙子，这不合适。他说他们都会理解，谁让你是咱家的弱势群体。

我爸的儿女心太重，心里惦着我们，却尽量避免给我们添麻烦。逢到过年，或者他的生日，他说，你们人多，别折腾，我去你们那儿。

我爸要是来，我得提前大扫除。像迎接上级领导莅临指导。他多少有些洁癖。我怕他批评我不利索。

他在穿着方面很讲究，绝不随意。给他买衣服最令我头痛，颜色、款式、尺码，一点不如意都不会给我面子。我弟弟孝顺，每次来都满世界带他去找不打褶的西裤。

我爸确实有些挑剔，但是不影响他在儿女心中的地位。我们对我爸的敬重源自一起走过的岁月。

对我爸不能说谢，说谢就远了。我曾在我的第一本书上郑重写下我爸的名字，签上清风徐，并写下这样几个字：“教女有方，大恩不谢。”

# 雪乡夜晚的意识流

这是雪乡的夜。我用我的整张脊背贴在火炕上。那样彻骨的热，像是谁的胸膛。胸膛里有绊子“噼噼啪啪”地响，我望着天花板，想象灶坑里火苗子燃烧的姿态，想象着热量像火舌一样在炕道里穿过。天花板天蓝色的墙纸上盛开大朵大朵的红花绿花和黄花，却并不鲜艳，古朴得仿佛旧日时光。

我想起了我爷爷奶奶居住的小村庄，一到夜晚四处漆黑，静谧到使人心生恐惧。我记得昏暗的灯光，记得停电时候昏黄的煤油灯。记得我爷爷装旱烟时把烟袋锅朝下往炕沿儿上磕打几下，捻碎了烟叶装上，吸两口，咳嗽一声。我记得我们围着火盆听广播，“小朋友小喇叭开始广播了，嗒嘀嗒——嗒嘀嗒”。

有时候我也跟着听二人转，传统唱腔，不像现在的新概念二人转说的比唱的多很多。我记得那个村子里很多人怪异的名字，木匠，聋子，唐拽子，老张二奶，乡邻之间那么叫着的时候，就像全屯子人都是亲人似的。我记得大雪纷飞的时候我父母回了城里我哭得地动山摇，我奶奶孱弱的身子抱着我走东家串西家，到了谁家主人都热热地招呼，快上炕里，别把孩子冻着了。靠山屯火炕的温度哟，一直是我无尽岁月里的永恒温暖。我对乡村的情怀，由此打成了结，多年不解。

雪乡的这个夜晚，我自然无法寻到当年的温情。许多东西的消逝，终究是一场永恒。永恒在我们追求未来每一天的路上，如影随形。置身在陌生的家庭旅馆，我的脊背继续贴在炕头恣意地享受，用今天的热量烘焙昨天的记忆。

旅行团同行的旅伴们看完夜景回来，扑落一肩的雪花。下雪啦？她们答，是呀下雪啦！然后我就想象那些红灯笼映射下飞雪的样子。我想我还是不要出门去，一个人流连在别人的风花雪月中，还是有些清冷。不该制造的氛围，就让它死于萌芽。

照相机的电池在充电，我不能回看白天拍的照片。手机也在充电，我没法听音乐。我想我应该做点什么，就掏出随身带着的一沓稿纸，翻个身，写下一行字："雪乡夜晚的意识流。"许久不在纸上写字。却终于在雪乡的夜里，让我这把死灰得以复燃。

当我的意识这样流动着的时候，我的内心一片安宁。而一门之隔的外面世界已经接近于沸点。主人家还在过年聚会，端着酒杯絮絮叨叨说些酒话。也有举家出行的客人另外点了酒菜，用特溜的北京话不断制造笑声。还有萍水拼桌的。听一东北大哥在教唆随团的国际友人喝酒，撺掇了半天，大概那国际友人干了，听到欢呼夹杂着掌声，然后喊老板娘，再来一瓶！

我的内心穿过轻薄的墙壁与他们呼应着。并不使我厌烦。我有我的清静，他有他的丰满，这才是火热的生活。

手机的 QQ 开着，这时候“嘀嗒”一声。是如歌。我只知道她叫如歌，在内蒙古赤峰。她关注我的博客很多年，在 QQ 上鲜有交流，但我发现，她了解我，就像了解身边的人。她说一直都在想有机会自己去一个陌生的地方待一阵子。这样的想法，就像我此番雪乡之行。事情在不同人的眼里会有不同的反应。有人听说你一个人跑出去会下意识地感叹伴随着同情。还有人会艳羡地痛恨自己为什么不能也有这样的一次出行。如歌与我心有灵犀。我的所思所想所作所为，她懂得。她的言语间，挂满关心与惦记。她说我真的希望你的每一天都过得轻松快乐，就好！我瞬间湿了眼眶。是因为我从没有主动去问候一下她，而我，凭什么心安理得地享用着别人的牵挂？在这飘着雪的大山里的小村落，在这厚厚积雪覆盖着的屋檐下，在门外那些醉意愈发浓烈的吆喝声中，我有一点感动，我知道，这世界是有爱的。

后来我失眠在雪乡的夜晚。听到所有的杯盘安静睡去。听到胸膛里的火苗子没了声息。听到四壁传来放肆的鼾声。

后来我在清晨五点的黑暗中爬起,在前夜飘过雪的乡路上,揽着满怀的繁星，去迎接新春的第一个日出。

## 遥远的安达小城

东北有个叫安达的小城，那是我的家乡。“安达”是蒙语，好朋友的意思。金庸先生的《射雕英雄传》里，郭靖和蒙古王子托雷结成了“安达”，引申义为“金兰之好”。

滨洲铁路从安达通过，因为铁路发展得较早，这地方倒也不算偏僻落后，人们的思想和见识早就与国际接轨了。小时候，一次偶尔从大人的闲谈中逮到个消息，每星期有两趟往返于北京和莫斯科的火车途经安达。在我当时的年龄，这可是惊天动地的事情呀！北京，莫斯科，多遥远的地方啊！咋能跟咱这小小的安达有啥联系呢？某一天，邀了几个同学跑到荒郊野外，守候在铁轨旁等那列特殊的火车由此经过。真的，看见了，车厢的牌子上清清楚楚地写着“北京—莫斯科”，我激动得扯下脖子上的红领巾使劲地挥动着。车上的外国人也看见了我们，冲着这几个中国小孩挥手，好像还说着什么。那是八十年代，看见了大个子大鼻子大波浪，回到班级无限炫耀。诱惑得其他同学也跑去看，被老师知道了，我们这些见了“世面”的统统被狠剋了一顿，记得被定性为“影响中国人的国际形象”，我们到现在也不知道当时造成了啥国际影响。后来又听说毛主席他老人家去莫斯科的时候走的就是这条铁路，愈发地对安达这块土地顶礼膜拜。

安达是个啥样子呢？像鱼剔除了皮肉，鱼头就是俄式建筑的火车站，那是苏联老大哥1945年修建的。一条长街纵贯东西，小街小巷仿佛鱼骨上伸展出的鱼刺，我想用“X”光摄像后的安达就是这样子的。那皮肉自然是房舍人流车水马龙花草树木之类，没什么新奇，没什么特点，只有那条三里长街，足以代表安达形象。长期以来，安达畜牧业发展的基础较好，尤其是黑白花奶牛饲养及乳业曾凸显出良好的势头，于是喊出了打造“牛城”的口号，远远早于蒙城。长街两侧，每隔一段距离就有一座大型牛雕，“不用扬鞭自奋蹄”，其情状颇似一支拓荒的团队。路面铺设得更为精致，半米见方的地砖用不规则的色块拼成黑白花奶牛形状，一路延展而去。北方的城大气、开阔、疏朗，同类型的南方小城我去过几个，如同北方的小镇。

牛城形象是打造出来了，牛经济却并未见起色，它得天独厚的优势并没有产生相应的结果。早些年，安达的交通基本靠走，现在不需要了，街上的人力三轮车虽然没有铺天但已盖地，三元一位，跑遍全城，堪称一景。是喜是忧，明眼人一看可知。那些拉三轮的，每日辛辛苦苦地赚着几个小钱，哪怕在零下30℃的严寒中仍倔强地坚持着。我曾不只一次地想，他们就不能做点别的事吗？有人告诉我，能做事的都走了。剩下的无胆无识，你要他干什么？我方才意识到，我的乡邻们多少年前就开始乘着门前这条铁路闯荡南北，有的去做边境贸易，有的南下淘金。出去上了几年大学的，多半学成不愿归来。与安达毗邻的石油城，27年前我师范毕业的时候，四十个毕业生中的三十位交了若干委培费后投门油城，据说这笔委培费她们一年就可以赚回来。另外也有嫁过去的，那些年这种方式相当盛行。他们想通过环境改变自身，却都不愿通过自身改变环境。当然这里存在着复杂的原因，有人努力了，却只能改变小环境，大环境有几人能左右得了呢？其实，我的乡邻们热情、豪爽、泼辣、耿直，与人交往毫无戒备之心，他会轻易把你看成朋友，也会轻易当你作异类，全凭直觉。我曾真切地在医院的静点室、公共浴室、公交车上感受过那种一见如故的情形，双方一搭上话，你哪个单位呀，住哪呀，谁谁你认识吗……分手时已像多年的老朋友了。就是这样一个淳朴的群体，在如今风起云涌的大背景下，景况却有那么些微的尴尬。每年春节前后，火车站的月台上吞吐着一批批来来去去的游子。春运过后，火车站也寂寞了许多，它在寂寞中等待着下一个游子返乡的日子。

在这个莫斯科已不再遥远的年代，我的安达小城，却留在了远方。

## 你是否也有这样一条回家的路

大侄儿从后排座位伸长了脖子问，大姑，怎么每次回爷爷家你都拍照呢？哈哈，小伙子善于观察善于思考，我告诉他这条路通往童年通往故乡。八岁的大侄儿“哦”了一声，似懂非懂。

有人说过，故乡其实是一个空间意义的童年，而童年，则是时间意义的故乡。一条路，连接了从前和现在，甚至未来，在这广阔的天地间，有那么140公里长的一条线，拽着我们这串风筝，无论四季怎样流转，沿途总能看到最美的风光；无论风霜裹挟多大的雨雪，最清晰的，一定是家的方向。

故乡安达，松嫩平原上的一座普通小城。从离开的那一刻开始，“故乡”这个词，就多了五味杂陈牵肠挂肚以及一次次的再回首恍然如梦。而回家的路，对于游子而言，既有特定地域的画风，又赋予了个人心境，情景交融之间，仿佛描摹了一幅抒情的画。

五月的路上开满鲜花，七月的天空白云悠悠，十月的行道树一片金黄，总觉得这条路我来得太少，辜负了它的一往情深。不会开车，一直心有遗憾，我永远是个坐在车上看风景的人，正因如此，风景才看得专注。蓝天白云树木以及看似单调的道路，画轴一样展开，想起辛弃疾的句子，我看青山多妩媚，料青山看我亦如是。这，大约也算人与自然和谐之一种吧。

常常是在某个假日，上午出发，下午返回。中午我们会在安达吃一顿饭，唠唠家常，喝点小酒。我爸是个对酒没有依赖的人，而且能恰到好处地控制酒量。我弟弟开车，陪我爸喝酒我责无旁贷。那天我爸有点伤感，说岁数大了，喝酒也高兴不起来了。我弟媳很少沾酒，听我爸这么一说，来，爸，我陪你喝点。她一陪，我自然就比平常喝得多了那么一点点。返程的时候，下午的阳光格外明亮，我却格外晕乎，接着翻江倒海，呼之欲出，终至停靠在路边，把我肠胃里那杯思乡的酒，洒到了我回乡的必经之路上。到家给我爸打电话，告诉他酒都吐出去了，他嘿嘿笑，说，那酒挺贵的。

今年春节前，在哈的亲人都去了南方。我和弟弟订于腊月二十九下午回安达。中午时分，他打来电话，路况不好，过会儿可能更糟，决定即刻出发。这时候我望向窗外，好像也就是忽然之间，迷迷蒙蒙，漫天的雪啊……

我们在城里走走停停，听交通台不断地发布路况信息。一会儿说哈大高速已封闭，一会儿又说已开通。到底走还是不走，犹豫不决。走呢，前方未知。不走呢，晚上我们已经分头约了好友相聚。弟媳妇打电话建议我们乘高铁，可是后备箱里那么多的年货又怎么办？

犹豫中我们出了城，但我们选择了301国道奔肇东，这样就避开了有多车追尾的哈肇高速路段。但是依然拥挤。风雪越来越大，前面的车扬起的雪常常模糊了视线。此前回家总要打个盹，这回，既没犯困，也没晕车。从肇东上了高速，看到一路狼藉，有撞掉的保险杠，车灯，有三三两两的车停在路边等待救援，算是畅通。而对向的车，已经堵塞了几公里。

那天晚上，与三十年不见的同学相聚。那天晚上，黑龙江高速全线告急。那天晚上，朋友圈被"天佑绥化"刷屏。

那天晚上，收到若干朋友信息，到家了吗？

# 落雪时想起童年

我最早的记忆应该在五六岁的时候。说是记忆，应该只是断章。跟冬天有关，跟雪花有关。一个叫靠山的小屯子，是我爷爷奶奶的家。进了腊月，家家户户开始杀年猪。如今存留下来的画面只是院子里来了一大群人，热闹极了。虽然雪花飞舞，但是并没有寒冷的气息。也记得男人们绑了肥猪的四蹄，猪则嘶声嚎叫。七大姑八人姨们在灶房里烧水，切酸菜，会唠些老李家的二小子，赵四家的胖丫啥的话题。杀猪结束，男人们就盘坐在炕桌前，抽烟，嗑瓜子，喝泡开了却仍是茶末子的花茶。也唠嗑。只是我那时太小，不乐意走近他们，自然不知道他们都唠些啥。好像会用很长时间等待隆冬里最盛大的这次聚餐。

雪是一直下着的。直到深夜。把一块块的猪肉浸了水，搁在外头，外面一层一会就结了冰。这样保存起来就不会风干了。然后，埋在雪地里。整个冬天的荤腥，就全在那个雪堆里了。

靠近年跟前儿（屯子里读第三声），那日子就欢天喜地了。饮食上因为杀了一口猪，改善许多。我从小喜欢吃酸菜馅儿的饺子。饺子馅儿因为有了肉的缘故，就丰腴多了。吃饺子一般是要蘸着酱油的。有一次酱油没有了，爷爷披了棉袄就到供销社去了。回来的时候，酱油瓶空空的，胡楂上眉毛上却是亮晶晶的雪，像极了神话中的白胡子老爷爷。我拍着巴掌直乐！乐着的时候，雪就不见了。很长时间，我以为雪花是被我笑没的。爷爷那天没打到酱油，奶奶用大酱和上水，让我蘸着吃，也别有味道。

那时是七十年代末。但是靠山屯的精神生活并不匮乏。第一次看露天电影，真新鲜。在屏幕的正面看一阵子，又跑到屏幕的后面看一阵子，不认字没啥区别。新鲜劲儿过去了，就偎在奶奶怀里，奶奶临出门时候，拿了一件老姑的新棉袄，把里子朝外盖在我身上。我看不懂电影的情节，就开始琢磨这件花棉袄。发现棉袄面的花好看哪，奶奶干吗老是把它盖在里头呢。我就悄悄翻过来。奶奶不做声，一会儿又翻回去。折腾了好几遍，奶奶终于说话了，你老姑这棉袄还没穿过呢，要是整埋汰了，她就得作（第一声，闹的意思）。我就不敢再翻了。全家人都怕老姑。老嘎达，因为太宠了吧。

不过老姑有时候也带我玩儿。她那时也就二十岁吧。没事儿喜欢哼上两句二人转：“想当年我家不住苏州地，洪洞县里有门庭。皆因为洪洞遭荒旱，一连三年没收成。头一年荒旱没下雨，第二年五月端阳起了蝗虫……”唱得声情并茂，字正腔圆。屯子里有一对夫妻，一年到头在外唱二人转，临到年跟前了才会回来。回来的那一晚真叫个热闹。也没舞台，就那么一嘎达一块的地儿，其实是转不起来的。俩人往地当间儿那么一站，就开唱。都是乡里乡亲的，不收钱。炕上地上全是人。蹲的坐的站的。勾肩搭背的，前俯后仰的，吐着瓜子壳嘎嘎笑的，摇头晃脑跟着唱的。

老姑会早早地带我去占地方。坐在炕沿儿上。不能靠里了，会被前面的人挡住视线。地下更不好，得仰着脖子瞅。那夫妻俩还真讲究，都换了戏服，女的肩上的珍珠样的披肩真好看。我听不懂戏文，就琢磨这个了。就像看电影，研究一晚上花棉袄一样。

即便不懂，今天还是能想起，当初唱的都是些传统的段子。对我后来的喜好，不能说没有影响。

乡下落雪的日子，几乎没有旁的色彩。因为单调，所以一旦有了颜色，便成了童年抹不掉的记忆，调色盘一样，在荒僻的乡野闪亮。奶奶家的窗台上，并排摆着一溜装满五颜六色液体的瓶子，总有十来个吧。这可是老姑的创意。瓶子是做医生的父亲从医院带回来的。老姑把彩纸浸在水里，水的颜色就是彩色的了。每种颜色灌满一瓶，码在窗台上。田野里雪落无痕，屋子里有声有色。老姑的青春，装满了那些缤纷的瓶子。三四十年后的今天，仍然无比鲜亮。

又是落雪时节。想起这些断章，心里温暖起来。

想起童年的小村庄，不知是否还有从前的模样。

# 这夜

垫一只圆柱状的枕头，躺在凉席上养护我的脖子。虽然已秋凉，我却依旧喜欢凉席。席子一铺，这张大床就像童年时玩耍的炕，无比快意和踏实。

这夜看不到月亮。我关了电脑。关了灯。拉开窗帘。听到北方初秋单调的蝉鸣。

熄灯的夜格外安静。屋子里亮着的时候，所有的家什似乎都瞪着大眼睛。一按开关，无数双眼睛集体失明。

我对女儿说，这夜，让我想到乡村。如果没有汽车在马路上挣扎发出的噪音会更像。

女儿说，还应该有远远的狗叫，窗外除了月亮没有其他的光明。

关于乡村的记忆来自于多年以前。还有此后看过的影视剧。还有小说。以及主观的意象。

一直想去乡村。几乎成了情结。后来倒是真的去了北极村、雪乡、朗乡，可已经不是传统意义上的乡村。披上了旅游的外衣，失去本色，质朴和真诚就被怀疑。实际上，已经堕落成山寨版的山寨。

同事一批一批地跑到偏远地区支教。听到他们叙说老乡的热情，孩子的纯真，另外的一种人生，倒也澎湃了激情。遗憾身边有未成年的女儿，不可以任性离开。

真正的乡村生活只有半年。上小学一年级的第一学期。我父母办调动没有时间照顾我，把我寄放在靠山屯的奶奶家。靠山屯小学的教室和桌椅都是用土坯垒成。那里有个丁老师，那时候大概四十来岁。我怕他。怕他是因为，他带着我们班去秋收过的大地里溜土豆。要求每个孩子溜一筐土豆。其他孩子都很快完成了任务。我也不是偷懒儿，可是我真的看不到哪里还有收剩下的土豆。最后大家都走光了，就我拎着个破筐站在垄沟边上，丁老师好像很无奈地看了我一眼，说，咋啥也不会干。当时的我一定是难堪的，现在竟觉得丁老师的无奈那么可爱。

那里的孩子们却特别关照我。秋天下大雨，他们就在泥地里揣着走，我不会走这样的路，有个男孩子很豪气地把我背起来送回家。

年三十的晚上，奶奶给我用罐头瓶去掉底儿做了个灯笼，跟在伙伴们的身后，在寒气逼人的乡路上，留下了我乡村生活闪烁的一幕。

丁老师应该七十多岁了，我打听过，还健在。很想去看看他，出于一个学生对老师的想念。不知道还能不能再见。那个在泥泞里背我回家的男孩儿，那些除夕夜晚提着灯笼“叽叽嘎嘎”的笑闹，都在这个夜晚，不期而至。

这夜，我还想到乡下生活的姥姥姥爷。想到他们此刻在清风涌动的泥土下该是如何地安详。我的姥爷是个宽厚慈祥的高个老头儿，一生耿直善良。姥爷去世那年月还不兴公墓，土葬在他热爱的一片荒原上。十五年后我母亲在毗邻城区的地方给他买了公墓。亲人们去起坟。打开棺木后的情景让所有人震惊。除了脖颈处的皮肤腐烂，其他完整无损。兄长告诉我，扶着尸首可以让他站起来。我的姥爷，已经成了一具自然形成的木乃伊。这样的情况，公墓不仅安不下他的躯体，也盛不下他的灵魂。殡仪馆，也没有火化这种尸体的先例。大家只好合上棺木。看来姥爷适应的不仅是荒原上的温度、湿度和土壤，实际他的本意是不想离开。他生前就有这样的愿望。他用这样的方式继续留了下来。后来我的姥姥火化后也葬在那里。

乡村的温暖面孔，在黑夜的底色上凸显。那些可亲可爱的人，在这清风沉醉的夜晚，扑面而来。

# 故乡琐记

1. 火车奔跑在北国的雪野。窗外的气温已达—31℃。听水木年华的《启程》。听这首音乐的时候，我正启程，去往我的家乡安达。我以为，一辈子生活在一个地方是种缺憾。无法深刻故乡的概念。

2. 有时候，回故乡，是回到童年，回到梦想。夜晚，与朋友在小茶吧对坐，喝菊花茶。说友情，说爱情，说亲情。对生活中的有些东西，我们失落。失落但是绝不失望。就像太阳总会下山，明天还将重来。友情是这样。爱情也是这样。只不过不再是昨天的太阳。

3. 又去湿地。同样的地方，每一次都会有不同的感受。那么严寒的空气，那么苍茫的雪野，那么圆润的落日，那么顽强的我。

看日头在远处一点点淡了容颜。荒原里，我站成一株被落日沐浴过的芦苇。即便相机上已经挂了一层白霜，那落日沉沦的姿态，足以使我暖心暖肺，暖过冬天。

4. 坐在故乡的老房子里。我惊异于这张书桌，二十年间它竟然不显一点老态。这是我书写过少年情怀和青春滋味的地方，似乎因为青春因为梦想，它的筋骨才一直充满着活力。后来，我在自己的家里也买了一张这种好多个抽屉的桌子。从南方调回北方的时候，很多物品就那么随意地遗弃了，唯独那张书桌，我跟朋友说，这是我最不舍丢下的，替我留着吧。

5. 这间屋子，临街。街是早市儿，夏天的时候，三四点钟就有了人声。冬天的早晨，六点来钟，便川流不息了。从前我住这里，外面吵闹得开了锅似的，也会睡到自然醒。如今，窗外的人声，仿佛就在耳边说话，仿佛专门说给我听。扩音器里反复播放“大萝卜大白菜胡萝卜土豆糖葫芦”，每天早晨我都会想，糖葫芦怎么会和那些蔬菜放在一起卖呢？或许这叫多种经营？呵呵，不懂。夜里也不好入睡。暖气烫手，甚至盖不住一条毛巾被。

6. 每条街巷，都留下过深深的记忆。看到一栋老楼，似曾相识。转个弯看正面，豁然开朗，是体育馆。我在这里看过电影《神秘的大佛》。甚至记得那是什么季节，跟谁一起看的，迟到了没看到开头，摸黑进去找座位，找到座位我们就在荧幕上找刘晓庆……昨天离今天是这么近，近到触手可及。又是那么远，远到无论怎么也走不回去。看到老楼上方的一角蓝天，楼是历史，天是未来，即便让它们定格在方寸之间，也只能彼此遥望。

7. 城市不大，常会遇见许多熟悉的面孔。那些脸像被岁月打磨了一样，本来玉石般的容颜被海水冲击成了鹅卵石，原本就是鹅卵石的，也被风霜雕刻出了沟沟坎坎。有时在目光交错的瞬间，彼此会喊出对方的名字，还有时候，目光来不及相遇，就已经擦肩而过。在商店迎头碰到当年工作时的雅珍主任，变化并不大，说到十五年不见，她的眼圈红了。也算老战友了。一起披星戴月，一起摸爬滚打，一起加班加点，一起烧炉子刻钢板批卷子，一起苦中作乐。蓦然回首，都是从前。

8. 我每天去幽兰那里按摩我这僵硬的脖子。幽兰是朋友的朋友，也是我的博友。她和盲人老公戴哥分别开了按摩诊所，两个人乐观的心态，积极的生活态度，总是让我满怀敬意。幽兰常会讲起老公的善解人意。她写字，画画，感悟生活，总能在戴哥那里得到鼓励和认可。有时候我也去戴哥的诊所。戴哥会跟我说幽兰有多辛苦，家里外头就她一个人张罗，唯独心里没有她自己，今年一定圆了她的相机梦。他们的惺惺相惜，让我觉得整座城都是温暖的。

9. 去参加了朋友父亲的葬礼。77 岁的老人，生前并没有机会拜访，在人世间的最后一程，因为某种机缘，得以相送。看到了“第一告别厅”“第二告别厅”的字样。这人世间最盛大最隆重的告别仪式，却只能发生在本人不知的情况之下，不能不说是种遗憾。忽然想到，如果躺在那里的是我，与我告别的，会是谁。

10. 我回到故乡后，在埃塞俄比亚工作两年多的妹夫终于在亲人欲穿的双眼里回到祖国。他回来的第二天，一架埃塞俄比亚航班坠落，机上无人生还。七岁的小女孩趴在我耳边大声告诉我：“我有爸爸啦！”我们都喝了酒，无论老人，还是青年，大家悬了两年零两个月的心终于放回去了。是的，只有落脚在故乡的土地上，才会免去一份亲人的牵挂。

第二辑

# 流年

年轻的时候，我们都曾试着赌过，有的人赢，有的输。赢了，因为你为青春付出过代价，情理之中；输了，因为你总要为莽撞无知的青春付出代价，因果相承。当初我们不晓得那是赌，回首之间，蓦然发现，那时的我们充满着激情却匮乏理性，长大的过程，是多么曲折！

# 春风起时，你在哪里

有人在微博上发起话题，二十年前你和谁一起看《泰坦尼克号》？沉了的往事又被打捞。那年没有人和我一起看电影，那时我是一只离群的羔羊。送电影票的老大姐说："我这有一张电影票，正好你是一个人，去看看，挺好的。"这个阳光正好的春天，她浓重的安徽口音在我看到这条微博话题的时候，与春天的风声一起，凸显在我的耳畔。那么清悦，那么撩人的想念。她是我的校长，久已断了音讯。她有一个美丽的名字——秀川。

春风起时，不知道你在哪里？

据说重新制作的《泰坦尼克号》让平静的电影院达到了少

有的沸点。我能想象到昏暗的购票大厅拥挤的场景，似乎也嗅到了混合着爆米花可乐的影院气息。那是热闹的城市生活的一个断面。只要想想，便会眩晕。

还是去看望春天吧。

从城市中突围出来，像是甩掉一袭华丽的袍子。那些粉饰，雕琢，点缀，统统卸装一样，层层褪去。看到了肌肤，骨骼，甚至血液。色彩不够鲜活，却在蛮荒的呼啸声中听得到力量。还有萌动着春意的心跳，来自树梢，田埂，来自鸟儿振翅过后空气的灵动。躲在春天背后的那些事物，比如绿色，比如花朵，比如煦暖，你是在来的路上吗？我只是想知道，春风起时，你在哪里？

田地是一块一块的。上一季收割过的残余仍然顽固地扎根在垄上。田里偶见一辆拖拉机，几位勤快的农人，看起来并不忙碌。和我想象中繁忙的春耕景象相去甚远。

此时我的想象力有点丰富。我想那些没有出得门来的农户在做什么？妇人自然会侍候一家老小的生活起居，用各种不同的吆喝声呼唤猪们鸡们鸭们狗们来吃食。满院子的牲畜和家禽多品种多世代地混居，和谐共处。老爷们儿是打牌还是喝酒呢？不得而知。北方爷们不似南方男人吃苦耐劳，但是大好春光若被虚掷，还是令人不齿。但愿仅仅是我的凭空想象和捏造。我很愿意是我的错。

我只是因为看到土地，产生联想。我只是很想知道，与土地相关的人，春风起时，你在哪里？

所经之地，一塘一塘的水，听说这是养鱼的地方。有的池塘完全化开，已经荡着层层波纹。有的一半在流动，另一半坚守静默。也有整个湖面依旧呈现白花花的冰层，但是看得见酥脆和松动，春风的努力无可抵挡。

风吹得单薄的人稳不住脚。我在头上包了围巾，免得大风起兮发飞扬。苍莽天地，我看到北中国的春天。大地还在苏醒。河流还在解冻。寒冷还在徘徊。我还在盼望。

一切美好，都还在酝酿。

我行走在春天的来路上。我知道你在婺源的化境中仙人样飘逸。我知道你告诉我那座我喜欢的城市已经变成大花园。我知道你等不及北方的春天急火火跑去京城感受三里屯沉醉的春夜。那么你呢？

春风起时，你在哪里？

# 城市中有那么多的酒馆，而你却偏偏走进我的

那天朋友张罗着小聚，名目是为我出行安全返回接风。大家好久不见，也无非为想念找个借口，我们有一个共同的认识，怀念不如相见。

发起人说“聚”，我说“好”。问什么时候，我说就今天。那边说今天不行啊有些事没处理明天吧。

到了明天，几个人来到提前预订的饭馆的小包厢，朋友对环境很不满意，执意要坐在大厅的拐角处。服务员说订在哪里就坐哪里。朋友理直气壮坚持坐大厅。而且换个台子也不行，必须就坐在这里。

然后我们斟酒，举杯，说些国庆期间各自的经历。大厅里

人越来越多，开始时还正常说话，后来开始喊话。我面对着整个大厅，但是那么多的食客那么多的声音，于我而言就像被大光圈虚化了的背景，主角只是我对面的两个人。

谈笑之间，目光那么一游移，就对准了邻桌，斜对面一女子，距离我也就两步之遥，端端正正地注视着我，含着浅浅的笑意。其实一定是她的注视被我感应，我的焦点才会落到她的脸上。这双眼睛太熟悉不过了！“吕晶！是吕晶吗？”

一时间恍惚了，我无法确定这是梦境还是现实。

21年前，我们在一所中学的语文组共事。刚刚毕业的我们由于年龄相仿，经常厮混在一起。那时候电视台正在播放《编辑部的故事》，我们办公室有葛玲李东宝似的人物，也有老刘，有牛大姐，很多很多的笑话和故事。偶尔没有课我们会偷偷地骑上自行车去逛街。我们见证了彼此的感情经历。她结婚的时候我是伴娘。16年前我离开，再没有见过。开始还通信，我寄给她我在南方的照片，她也写过回信。后来我生活变化太大，慢慢就没有了联系。有一年我回家，父亲给我一个电话号码，说是吕晶留的，让我有空打电话。我记得那是个小灵通的号。但电话一直没打。今年春天的一个午后，我当年读师范时的老师，正和吕晶聚会，提起我，老师拨通了我的手机，我们俩才算又联系上。“六一”节那天我们还互发了好几条短信。她告诉我回家乡一定要联系。我说回家经常来去匆匆找机会吧。我记得我最后一条短信是，真的很想你。

是真的想念。想念一起走过的青春年代。

谁也不会预料到，我们会在这样一个地方重逢！

哈尔滨、南岗、汉广街、苏家小菜园。

如果前一天朋友没有事我们就聚了，就不太可能上演这电影一样的情节。朋友选择饭馆时主要考虑我就近，他们从傍晚的拥堵中跋涉到我这里谈何容易。朋友急头白脸地不坐预订的包厢而非要坐在这么嘈杂的地儿，这里面到底藏着些什么我们所不知道的玄机？只有这个位置，我们俩人才能面对面，才有机会彼此认出来。假如背对背，或者离得更远些，你尽可以想象，你吃你的，我吃我的，你起身离开，我起身离开……就又一次失之交臂，再见？还要修炼多少年？

恍惚着走上前去，彼此拥抱。介绍给我的朋友们认识。竟不知道自己在说什么，只记得说着说着，已是泪流满面。

“世界上有那么多的城市，城市中有那么多的酒馆，而你却偏偏走进我的。”《卡萨布兰卡》的台词。七十年前的经典，如今却还在生活中继续。

# 我在深冬的上海

关于上海的最初印象，是小时候在不同人家看到的上海火车站的照片。那个年代，很流行到了一座大城市，在有地名的火车站前留个影。这个影儿很严肃，目光均高瞻远瞩，一副好男儿志在四方的正气。那些有着朴素的白边或者花边的影像，于后来的拜会像是铺垫，在抵达它的时候，倒像是故地重游了。

那天车子拐了一个弯，路标上显示“延安西路”，记忆复苏，1538号在哪里？1538号是《少年文艺》的地址，曾经投过许多稿，至今没有回音。最初读《儿童时代》，长大一点读《少年文艺》。我那一时期对文学的认识仅局限于此，却也摆出姿势，点灯熬油地进行创作，偷偷摸摸地寄出去，焦躁不安地等待回音。

当年看电影是主要娱乐形式，我是那么热衷看电影，至今记得上海电影制片厂的片头，影院里灯一熄，银幕上“上海”的周围星光闪烁，全场立时静默。影视杂志中喜欢《上影画报》胜过《大众电影》，且订阅多年。后来教过一个学生，他爸爸是上影厂某著名演员，主演过曹禺的名著并获奖。这名演员在校门口摘下墨镜的时候我还有点小小的激动，我是看着他的电影和画报长大的。

那时候的一切文化熏陶似乎都来自上海。去图书馆借阅王安忆的长篇小说《69届初中生》，时已青年，这个上海女作家笔下的人生经历，把生活在北中国小县城涉世不深的女孩子，带进了一代人跌宕起伏的命运。

成年以后，对喜欢的作家作品，我会买下他所有的书，我熟悉他们的经历和气息，他们的气质呼应我内心的成长，这应该算读书人与写书人的共鸣。我与上海的神交，与这颇为相似，隔着时间隔着空间我在遥望它，被它影响，那仿佛是一场关于文艺的启蒙。

有那么几年我与上海频繁接触。浦东还在开发建设，亲身感受了棚户区三代人挤在促狭的鸽子笼里的生活状态，窄窄的木楼梯“吱吱嘎嘎”地响，穿着层层棉衣的老年妇女臃肿地向上攀爬，全然不是电影里花样旗袍摆着窈窕身姿的气氛。但是即便住在棚户区里的上海人，也有着天生的优越感。被称为姐夫的中年男子，曾经随着浩浩荡荡的知青队伍落户北大荒，若干年后返城，虽然又回到鸽子笼，那也是上海的鸽子笼，知足得要命。

上海人盛情。陪逛街，陪吃隆重的早茶，陪一整天拍婚纱照。拍婚纱照的影楼在人民广场边上，很贵的价格，很棒的片子，今天回忆起来，觉得奢侈，有没有这东西，与青春，与感情，并无太大瓜葛。拍片拍到木讷，摄影师在我的倦容面前甚为无奈，美女呀，笑一笑，你拍的是婚纱照呀！我笑了，有照片作证。

那些年的奔走，总像逆风而行，注意力无法集中在风景上，只能感受到脚上的老茧越来越厚，步伐愈发沉滞。

二十年以后的深冬时节，我落地浦东机场，久违的温度顷刻间盈满双眼，熟悉而又遥远。曾经的浦东人家，早已搬进了明净的高楼，老人不知是否健在，当初中年的他们也老了吧。当年青春的痕迹早已被灰灰的霾隐匿，像鲁迅说的厚障壁，近在咫尺，却无法触摸。其实回不去的，不见得如何的好。

好比阅读。二十岁的时候读一本书，和四十岁的时候再读，情怀迥异。读一座城市也是如此。我更喜欢四十岁的感受。

有着暖暖太阳的下午。从衡山路地铁站出来，看到落光了叶子的梧桐树风骨犹存，比枝叶繁盛时候更有况味，仿佛老作家的文笔和新作家的腔调。我是那个欣赏繁华落尽的人。路旁人家铁栅栏的影子斜射下来，连同来来往往的行人，都在阳光里浸满无限的深情。

向那些我从前忽视的风景致以亲切的问候！

街巷远比风景名胜更接地气，街巷中见到的一般会是当地人。打听武康路，一年轻女子犹疑了，这边吧？不，那边……她打开自己的手机百度。百度过后依旧茫然。遇到老年的男子，佝着背，我问路，他喊着说话，说的是上海普通话，你问武康路啊？向前走，第二个路口左转就是淮海中路，你必须先找到淮海中路。然后我朝前走，我比他走得快，遇到别致的画面我停下来拍照，他赶上来，继续负责任地告诉我，那边有个岔路，不能走，一定一定得那样走。啰嗦得像我年老的父亲，父亲过后一定会在电话里追问是否顺利。这老者的性格，怕是隔了几天还会忽然想起，那个人找到了武康路没有。这世间有许多种温暖是别人给予的，也有一些来源于自己。

到武康路，与同学碰头。同学为了老公为了孩子，举家从遥远的大东北迁居过来，从微信上知道我来了上海，一路电话相随，我实在怕与人添麻烦，这么大的城来往一次诸多不便，建议回故乡再相聚。这个执拗的人表示非见不可，于是相约武康路。两个从少年时期就骑着自行车在春风里在飞雪中在细雨下一路同行的小姑娘，如今走到中年，在离故乡五千公里的武康路漫步，看老建筑磨蚀不掉的风华，仿佛这些年的经过，只是一个梦，我们的内心，风华依旧。

入夜，回到南京西路。寻一家有地域特色的餐厅——上海老克勒。作为形象代言人的老门童五六十岁年纪，身着黑色燕尾服，且有款有型，有礼有节，对照“克勒”一词的来历，确实很绅士范儿，贵族范儿。老馆子，老门童，半老不老的女服务员，再配上低回的音乐，洁净的大厅，西式的吊顶和灯饰，纯白的桌布……瞬间入情入境。点了“石库门”老酒，有袅袅的热气散出来，酒香亦会唤起人生多少慨叹……算了算了，感慨只是会徒增伤感，其实这酒的最大意义，解乏就好。

夜深了，隆冬的空气中已经隐隐有了春风的清冽之气。

我在深冬的上海，闭上眼睛的时候，想起些旧事。睁开眼睛，看街道，看行人，看建筑，看故居，看友人，随手摄下阳光的样子，还有春天的讯息。

# 酒喝干，再斟满，今夜不醉不还

去年一个冬夜，跟心情寥落的朋友吃饭，电视上正播放中国三大男高音的音乐会。字幕上打出《鸿雁》，屏息静听，深邃辽阔，悠扬着苍凉的远意，又一点一点地渗出温情，觉得空气都是柔软而有情意的了。与以往的额尔古纳乐队、黑鸭子、降央卓玛的演唱都有不同。唱到“酒喝干，再斟满，今夜不醉不还……”似乎每个细胞都自觉地应和起来，眼前瞬间生成一片大草原，风声激越，交汇在三个男人明亮雄浑的音域里，一扫晦涩的气氛。自然要端起酒杯，喝干后，再斟满，心事赋予一杯中。

曾经跟一帮混得很熟的朋友笑言，四人以上才宜喝酒，才有气氛。大家便都响应，几乎成了潜规则，不足四人，滴酒不沾。

这话已恍若隔世。后来，三个人时喝过。两个人时醉过。朋友送了两瓶蒙特斯，嘱我睡前喝上一小杯。多有情趣的建议，终究没有试过。一个人喝酒，不只是习惯问题，还得有说不清道不明的氛围。

坦率地说，能喝几杯，但不会随便什么场合都会喝几杯。有时候因为某种必需的原因坐在某个席间，可能也会说，我不喝酒，或者，我只能喝这么多，不是装，是我的常态。只有那么有限的几个圈子里，表现的算是超常状态吧。在我看来，喝酒是件很私人化的事情，很哥们儿的事情。当然喝酒的功能并非我这个井底之蛙所见，亦存在其他功用。

最怕那种为喝酒而喝酒的情形。比如，桌子正中放一张盘子，盘子里摆个勺子，然后开始转转盘，转盘停下来的时候，勺子把指向谁谁就得喝酒。再比如，我的同事们喝着喝着发现大家兴致不高，于是有人动议做游戏，谁输谁喝酒。那游戏基本都是考验反应能力的。偏偏我这人反应迟钝，又不喜欢动脑子，平时掩饰还来不及，忽然被暴露在大庭广众之下，一来二去成了满桌子的笑料。开始还有逃避的想法，又怕扫了别人的兴，索性就堂而皇之地博大家一乐了。

我对酒的接触，是近几年的事。就在某年某月的某一天，那天有清冷的空气洁白的雪，暮色罩着严寒以及严寒里的一行人，来到叫作“台北壹加壹”的酒店。那么热情洋溢的一桌子人，多数面孔陌生，眉眼却如故人般和煦。每个人都口吐莲花一样地能说会道，每朵莲花里都盛开着友善和诚恳，让你不由得不放下芥蒂，与他们一起畅谈，当然更重要的是畅饮。酒，便以长江黄河般的气势流淌进身体里，心胸也就有了大江大河的豪迈和澎湃了！

因为工作关系而结识这些朋友。此后每年，大家都要有几回相聚。美女 L 与我年龄相仿，爱逛街爱美容爱唱歌，整天过得欢天喜地乐乐呵呵。即使我们经常接触，性格却决然没能互相影响。我们共同的爱好是旅游，我乐山乐水乐拍摄，她的志趣是穿着优雅的高跟鞋站在山下等我们，等一个重要的时刻——在异乡的星空下举着酒杯说，多好的日子呀，我们多么幸福啊！人间烟火与风轻云淡完美地遇合了。酒喝干，又斟满，异乡的星星也被熏得醉眼迷离。

早已没了工作上的瓜葛，却有想念，不远不近地缭绕着。前日中午又相聚。我把好几个空酒瓶摆在身侧，我说我得统计一下数字，你们培养一个人不容易啊。俨然一副汇报工作的架势。结果真的创造了一个历史新高。酒场没有时间观念，服务员大概看势头不对，提醒包厢晚上有预定，大家说好的不会耽误。四点半又有服务员来叮嘱，我们说知道了。店家再没打扰。因我要接孩子不敢恋战，所有人散去。那时候已经是晚上七点二十分。后来据说酒店第二日打电话回访，自然免不了赞誉人家一番。

说起这些朋友，能一路暖过来，能在端起酒杯的时候长江黄河一样地荡气回肠，实在是机缘。认识他们那会儿是我人生最低谷时期，对的时候遇到对的人，成就一份情谊是情理之中的事。巧的是那时恰好有酒，不能不感叹“人间路窄酒杯宽”。

后来认识了一圈子码字儿的朋友。个个都是酒中豪杰。有的不是因为酒量而豪杰，是因为三瓶两瓶就像比萨斜塔似的摇摇欲坠，却依然豪气不减霸气十足，歪斜地叫嚷着“拿酒来”，然后捋胳膊挽袖子继续鼓动：“喝酒就像个喝酒样儿，整得热闹（‘闹’请读第一声）的，像结婚一样热闹的！”实际这样的朋友圈无需劝酒，早已像结婚一样热热闹闹的了。民间对文人喝酒总是很包容。非文人嗜酒叫酒鬼酒徒酒痞酒包，文人就可以获得如李白“酒仙”之美誉。看来瑕不掩瑜雅可掩俗啊。

那天发了一篇博文《你只能回到故乡的墙壁上》，写萧红。不久看到了留言：“我们等你回到故乡的餐桌上。”有故乡的人，心里总会热乎乎的。你尽可以想象，老家老酒老朋友，这几个词一旦联系起来，一旦由抽象的词汇变成具象的场景，那是何等快意的人生。

说了如此多的酒事，不知道表明了我的态度没有？我不赞成酒是交往的黏合剂。我比较认可的方式是先有交情后有酒。

靠酒去闯天下，我还太单薄，也会很不屑。

酒深情意重，壶中日月长。

酒，是与情意联系着的。

写到这，怎么竟想喝几杯啦。

# 一枝，相聚，以及 8301

一枝是我的朋友。这名儿，不是网名，不是笔名，不是艺名，是身份证户口本上的名字。初听，俗气了一点儿，再品，透着文艺腔，既画意，又诗情，“江南无所有，聊赠一枝春”，有报春的喜感。

一枝是安徽金寨人，久居合肥。金寨是个啥地方呢？中国第二大将军县，著名的革命老区，也是国家级贫困县，当年因解海龙拍摄的《大眼睛的希望》启动了声势浩大的希望工程。

交代这些是想告诉你，一枝就是从那样的背景中走出来，性格，是有着金寨色彩的。

一枝性情豪爽，举止无忌，大呼小叫，煞是引人注目。做人热热闹闹，做事风风火火，搞研究，出书，开作品研讨会，做讲座，活得波澜壮阔。

早年结识她，对这个人并不以为然。她是我的上级部门领导，来往仅局限于工作。有一回因为一起参加活动，就有了多说几句话的机会。通过语言是可以感受到一个人的真诚度的。特别是一枝这样爱说的女子。当然不是标榜自己有多真诚，而是说者无意地说，听者有意地听，几分真诚，便心知肚明。而且从那次聊天我知道，她成长的地方金寨，隶属于我生活过的六安，同属大别山区。之后我们一起出差，完成工作后转道黄山。下山的时候，觉着我这两条腿已经不是我的了，基本不受自己支配了。而一枝胖胖的身体，轻飘飘地从台阶一路颠儿下去。那个劲头，哪里像比我年长十岁的样子。

后来我调离安徽。一枝一直遗憾在我调动时候没能帮上忙。再后来我需要那边房产部门的一个证明，一枝两口子二话不说，托人找关系开着车到处跑，开出那张中国式的所谓证明。

自七年前在安徽别后我们有过一次相见。大约是在冬天，她从长春转道而来。那晚我约了当地的朋友共进晚餐。安徽人善饮白酒，自然要主随客便。我的女性朋友带来的男司机，一看这阵势，很会来事儿地自觉承担下喝酒重任，嘱朋友开车。一枝感慨，到底是东北爷们，就是仗义。这场酒的结果呢，一枝反客为主，逆转成功。

近日一枝再次来到我的城市。见面之前给我发来信息，此番行走没想到会来这里，礼物也没带来，我要请你吃饭，回去后就把我最好的太平猴魁寄给你。

约了傍晚时分在索菲亚见面。然后我们穿街走巷，来到通江街上的一家东北菜馆，问是否有包厢，服务员打量我们只是两个人，自然不允。我们就在靠边的位子坐下来。

我知道一枝的性格，不便坐在酒店大厅。条件所限，只能如此。

一枝总要通过一种什么形式表达兴奋之情。摸出香烟，递给我，我说不吸烟，而且我们这个城市在禁烟。哎呀来一支吧，我这是韩国的女士烟很清香的写作的人吸烟那叫范儿。说着那支纤细的香烟已经点燃递过来。我接住，使劲儿吸一口，眼睛的余光紧张地扫过左左右右看有没有人注意我。趁她在包里摸相机的时候撂在旁边。她掏出新款的松下微单，招呼着服务生来给我们合影，指挥着服务生一定一定要把我们两个拍进去呀。我说我们难得见面，喝酒吧，她不住点头那当然那当然。我说啤酒节刚过去，要不喝啤酒？好好好，就喝哈啤吧。我这脑袋“嗡嗡嗡”直响。没有援兵没有救兵我自己也不是什么兵，还喝哈啤，只有我们当地人才知道哈啤有多厉害。然后，就不计后果地喝了。其实当你端起酒杯豁出去的时候，那一刻是幸福的。

就在这时候，身后传来一个男子的声音，美女，借个火。

一枝把打火机递过去。男子用完，还回来，随口问了一句，听口音不是本地人？一枝回他，你能不能听出是哪里的？男子猜了半天。湖南？广西？延吉？一枝从事教育多年，早已没有了乡音。这一枝，大约是喝多了，似乎还要继续唠下去。我接住话茬，大哥别猜了，我朋友是安徽人。安徽呀！我在六安当过兵啊！男子的语气分明有了变化。这时候我才慢慢把头转过去，看他。我追问他当兵的地方具体在哪里。回答说六安的一个军用机场，时间并不长，后来到了沈阳。

那一刻我们都很惊喜，为这意外的萍水相逢。虽然这男子在安徽的时候，与我相距二十年。

三个来自不同地域的人，于不同的时间不同的原因在同一个地方生活过，然后离开，又在若干年后的某一天，偶然地相遇在四千里以外一个普通的酒家。宗教学认为这个世界没有偶然只有必然，必然是因为一枝的乐于沟通，乐于交流，才使我们的相聚锦上添花。生活，需要一枝这样的朋友。

# 某个夜晚的音乐、影像和风声

网购了飞利浦音箱，接上电脑。音效上低有低的环绕，高有高的凌空，适合听节奏感强的音乐，比如《江南 style》，比如《命运》。还有天籁的那种，小娟，enya。听独奏也好，大提琴、小提琴，质感饱满，串串音符仿佛悬在周围的空气里。若能找到一首切合心境的音乐，心随律动，人就成了这音乐的核。人所居的那个房间，被音乐充斥得满满当当。这时候，不能说是一首曲子了，也不能说是一支歌儿了，这类量词忒抽象，也单薄，不足以表达音乐的厚度，而应该说成一房间的音乐，二十平方米的音乐，满耳的、满眼的、满心的、满世界的音乐。最杜比的音效，是心灵的回响。

听林志炫，《烟花易冷》。用什么样的形容词呢？清亮，空灵。初听，像久未通风的宅子里吹来的风，那般舒适，传递至发梢。用现代音乐的形式演绎古老的故事，旋律未必要有古韵，歌词需经得起推敲，词若不能达意，故事的精髓便无从表现。方文山的词作，其特点是，画面感，东方风，龙应台称不敢小瞧的通俗文化。故事背景说的是南北朝时期一个将军守洛阳城，与一女子私订终身，因为战争，因为政治，将军出家为僧。女子苦等。若干年后，将军来寻，“雨纷纷旧故里草木深，我听闻你仍守着孤城……”只见旧时景，不见心上人，将军回到伽蓝寺，坐蒲团，敲木鱼。度余生。

合肥人评价艺术到极致的东西，常用“化掉了”来感叹。有一回我们还在微博上探讨过。书面语应该叫“出神入化”，用乡俗的语言一演绎，更加深入人心。此处借用，林志炫的《烟花易冷》，简直化掉了！在深深的夜的包裹里，满屋子都是歌曲的氛围了。爱，却已冷。冷，却繁华。繁华，却已凋零。林不是原唱，却使更多的人知道了《烟花易冷》，他凭借这首歌，又使更多的人认识了他。《我是歌手》何尝不是一种救赎？让过气的歌者和音乐重新绽放，即便刹那芳华，也证明生命并非虚拟。轮回——时光倒流的形式之一种。却不是每个人，都有轮回的机会。

这是春天的夜晚。春天，本身就散发着风雅。闲适的夜晚，确乎应该漾着点儿文艺的气息。搜视频，不小心遇到老电影《最好的时光》。侯孝贤，舒淇，台湾，金马奖。这么些标签，撩饬得人心里痒痒的。索性点击播放。

基本属于默片，多好，既不影响他人，又有助于聚精会神。三段不同时期的爱情故事。两个经典的男女搭戏。民国那一段，最对我胃口。对胃口的依然是细腻之处。举手，投足，形神，心理，一次又一次点亮的煤油灯（不知道是不是煤油的，有小时候见过的曲线毕露的灯罩），兰花，大约有三盆吧，客厅，卧室，会客室，各一，景泰蓝，朱红，纯白，尽是中国元素。讲了一个随同梁启超拯救山河的男人，却救不了风尘中自己爱着的女子。我没读过朱天文的书，看过专访及评价，《最好的时光》她是编剧。

看到尾声，打出演职人员表。在电影院里我有这个习惯，坚持把字幕看完，有时候，全场退得空余一人，那时若有人拍个照，也是意境。电脑上看电影，依旧沿袭了固有的习惯。竟有意外发现，苏老爷扮演者，舒国治。

电影的对白不多，可是背景音乐极具风情，但我关掉了音箱。

这是个很特别的夜晚，我听到呼啸的风声。北方的春天特有的风声。一直伴随我的默片，成了背景音乐。前一天预报的雪至今没有音讯，天气预报的变数之大，仿佛人生，充满不确定。博客上有人贴了呼伦贝尔的大雪图。雪降到哪里，亦有自己的选择，它总要落脚在心仪的土地上。

关掉一切电子设备。在呼呼的风声里，随意翻看几页书。只开了一盏台灯，让小小的屋子，湮满波澜不惊的情绪。光晕里立体着棱角并不分明的我的肖像，也无风雨也无晴。

房间四周呈现了暗角，在春天的夜晚，我是一帧会呼吸的老照片。

# 老师的幸福

## 1

那时候我生活在江淮地区的一座城市。从事基础教育工作。那年秋天开学的时候，我接了一个六年级的毕业班。有一天学校的教导主任带我们班的男生去搬桌子。把老态龙钟的桌子们从教学楼搬到仓库。东冬和同学合作，一人抬起桌子的一头，东冬的这头桌面忽然就掀了起来，裂开嘴巴一样，露出一颗长长的铁钉，像锋利的牙齿。东冬对“张开的嘴”有点不知所措，伸出一只手想把“牙齿”按回去，不想被狠狠咬了一口，“牙齿”深深地嵌进手心。电话通知了家长。同时主任带他去医院。

家长还没有赶到医院，就已经处置完毕。主任交代我把东冬送回家。我至今记得当时的情景，东冬是个永远乐呵呵的小孩儿，一路上跟我有说有笑。进了他家小区的大门，远远地，看见两个身形高大的人影向这边迎来，他们，是东冬的父母。父亲很严肃，看了看包扎过的伤处，说了句，没事。母亲很客气，说，还麻烦老师送回来，家里坐坐吧。他们，没有一句埋怨，作为校方代表的我，竟多了几分不安。

简单聊了几句东冬的学习情况，母亲忍不住抱怨孩子学习不用心，听说换了班主任，请老师严格要求。

我们就这么认识了。

不久后的一天，我在菜场买菜遇到东冬妈妈，闲话了几句家常，说到我在附近租房子住，我说，上去坐坐？她说好，那就坐坐。不知怎么聊到了我的生活状况。那时候我一个人，女儿在东北老家。东冬妈感慨了一句，真不容易。

东冬妈是山东人，有着典型的北方女人的豪爽和直率。她对我说，我一直想给东冬找个辅导老师，我看您这情况，再合适不过了。因为此前那么温厚的相遇，这个请求是不可以拒绝的。东冬每周来一次我家，我帮他梳理并巩固一周的要点。一段时间后，东冬父母很正式地登门向我道谢。临走他们攥着一把钱要留给我，说这是劳动所得。我没有接受。不是我清高，而是他们的仗义在前，我又如何能被人轻看？两个人出门的时候有些失落。后来，他们会在双休日喊我去家里吃饭，我不去，饭菜就送过来。再再后来，我发现自己对那么淳朴的邀约太缺乏信任，那是我性格中的一种缺陷，为弥补缺陷，他们再叫我的时候，我就欣然前往了。

一年很快，东冬毕业了。东冬爸有一句话，我儿子毕业了，我们家长绝不毕业。我们两家的关系，逐渐发展成了亲情。东冬爸我的老刘大哥喝酒喝到一定境界的时候，一定要把他攥着一把钱去找我的事儿唠叨一遍，我不喝酒，但是我一定要呼应老刘大哥，缅怀一下那个初秋阳光里我们迎面相逢的场景。有时候他们两口子吵架，东冬妈跟我一顿诉苦，我也会像别人那样说些明知道没有作用也要劝慰一番的话。那年我生病，要做手术，无亲无故的我把东冬妈当成了一根稻草。她像同胞的大姐，真心忙碌。后来他们家的亲戚我也认识了，我妈妈来看我也自然跟东冬一家熟络起来。女儿在上学的年龄回到了我身边。我在分身无术的情况下，常常把女儿委托给东冬妈。去外地出差，四五天时间，我女儿就跟着大妈妈（当地人的称呼），据说也不怎么想我。

我记得东冬的生日，8 月 4 日，这些年，每到这个日子发个信息。去年我在外地旅行，回来补发了“生日快乐”。电话打了过来。一家三口都在车上，告诉我买了车，冬妈做司机，冬爸喝酒不宜驾车，买了新房子，装修好了，再回来的时候家里就是大房子了。东冬说你来吧，我负责往返机票，你只要来。

这个医学院毕业的大学生已经成为了舟山某部队的一名现役军人。我在这个秋阳暖暖的日子使劲儿推算他的年龄，应该27岁了，我问，你是不是该结婚了？他答，还没有女朋友。又说，结婚的时候徐老师一定要到现场，必须滴呀！

那样的时刻，我希望，我能在。

## 2

小吴同学是在东冬那届毕业之后接手的，当时他上四年级。跟我相处三年。

小吴的父母都做生意。他们家就住在外地人来打工的聚居区。我去家访时穿过一堆堆废铜烂铁一摞摞废报纸一面面墙壁似的啤酒瓶子，会有跑着闹着的我并不认识的我们学校的学生跟我打招呼。他们没有大人看管，在巷弄里疯跑，到点了回家吃饭，天黑了回家睡觉，绝对的原生态散养模式。

小吴的父母倒是很重视孩子的学习，只是生存环境没法遏制住小小年纪的野性。他妈妈的着急体现在语言上，他爸爸则动用拳脚，对于刀枪不入的小吴同学均无济于事。

小吴妈妈找到我的时候，几近于苦苦相求，她说孩子最在意我的意见和态度，求我帮她严格管教，帮他养成好习惯。这事儿我应下了。

那些年，由于我生活的闲暇时间多，也由于年轻吧，不会考虑到多一件事就会多一份责任，我会在小吴父母都忙的时候把他带回家，包饺子，做打卤面，烹制小龙虾……小吴确实是越来越听我的话了。不过也有让我觉得忍无可忍的情况，忘了因为什么事，我举起胳膊拍了一掌，那一瞬间，我看到他眼里闪着泪花，看到了愧疚。一个顽劣的孩子懂得了愧疚是多么令人欣慰的事！

记得小吴上五年级的时候，他妈妈又找上门来，想把孩子长期托付于我，可是那时我的女儿回来上小学，我已经没有精力再过多关照别的孩子。他妈妈很遗憾地走了。

直到小学毕业，小吴的成绩也没有赶上来。

我回到东北后，小吴在百度上找到了我，那时他已经上高中。他说以后一定会来看望我。今年春天，接到小吴的电话，告诉我他来到沈阳刑警大学读书，打算“五一”来冰城。

那天我从家里出发，一路想象十来年不见的少年变成青年是什么样子。单位大门口，一个中等身材的小伙子笑眯眯地看着我，除了身形，相貌几乎没有任何变化。他手里提着特仑苏和家乐福最大号的塑料袋，那里面是各种各样的薯片海苔巧克力等小孩子的最爱，他说是买给妹妹的，可是妹妹已经不是他印象中的小孩儿了。

小吴清晨三四点钟就从学校出来，校区离车站远，他怕打不到车，早早地到了火车站等了很久。他第一次来到这个城市，我说你应该去看看我们的老街，看看松花江，看看著名的教堂，他说老师我就是来看看你跟你说说话。

带着小吴就近找了家饭店。应他要求点了锅包肉，我推荐了东北特色的酸菜，要了两瓶啤酒。他告诉我他妈妈如何念叨我，他爸爸的脾气改了很多，他哥哥要结婚了，他自己有过女朋友又吹了。他说第一学历的院校不理想很难就业于是发奋考公务员，考上了黄山的刑警，才有机会来东北，才有机会看我。他说他爸爸拿着公务员录取通知书的时候就对他说了一句话："儿子，你是公务员了，你将来可不能贪啊！"他说警校太苛刻，有人坚持不下去已经退学了，但是再苦他也要坚持。他说老师如果小时候不是遇到你，不知道我现在是什么样子呢。我记得你那一巴掌，里边藏的都是恨铁不成钢。他还说老师今天的见面跟想象的有些不一样，我以为能去你家，吃你包的饺子。这话叫我惭愧了。把朋友或者相关意义上的人带到家里，确实是很久远的一件事了，这个青年的到来，让我看到恍若隔世般的质朴。

临走，把没吃完的锅包肉打了包，他说比沈阳的好吃。在附近专卖店买了红肠带在路上吃。我有事没能送他，他去了火车站，一个人在那里等到夜里十点，到沈阳的学校就早晨了。

# 我们从青春那边来

雨后黄昏。长江路尖沙咀茶餐厅二楼B6座。等曼娘和小魏。

我们八年前是重逢过一次的，那是毕业十年的聚会，只是当时我琐事缠身，匆匆来去，对大家没能留下什么印象，每个人在我的记忆中，还是当年上学时的模样。

视线一直逡巡在楼梯口，即将从昨天走到今天的她们，与从前，会有怎样的变化？心里是激动的，忐忑的，也是美好的。

终于出现了。脑海里那个肉乎乎梳着《聪明的一休》里小叶子发型的小女孩，瞬间变身成黑丝旗袍齐耳短发神清气爽的成熟女子。瘦了许多，瘦出了高挑和气质，明眸和皓齿依旧。这个人就是曼娘。

她依旧是大声说话，爽朗地笑，无所顾忌地聊。还是从前那个她。却不饮酒。这是出乎我的意料的。她指给我看腕上的佛珠，恍然。不饮酒多少有些遗憾，很多场合没了酒，情感的升华指数就会大大降低。虽然我也并不常常喝酒。曼娘在政界打拼多年，她曾经很多年在酒精里泡着，被动地一杯一杯灌下去，如今能够坦然地拒绝各种场合各色人的频频举杯而丝毫不乱。佛，已在心中。

我一直认为她这辈子最成功的首先是婚姻，其次是事业。读书的时候她就已经在轰轰烈烈地谈恋爱，谈得坚定又执着。母亲坚决反对，设置了重重障碍，但不执着，最后还是给他们操办了隆重的婚礼。因为生活的拮据，两个人平时从不买蔬菜，靠土豆度日。不敢让母亲发现日子的艰难，有时候，买个青椒，跟土豆一起炒，盛在碗里，给隔壁楼里的母亲送去，让老人家知道,看我们的小日子过得还不错吧？她轻描淡写地说起从前，我却酸楚得不禁落泪。年轻的时候，我们都曾试着赌过，有的人赢，有的输。赢了，因为你为青春付出过代价，情理之中；输了，因为你总要为莽撞无知的青春付出代价，因果相承。当初我们不晓得那是赌，回首之间，蓦然发现，那时的我们充满着激情却匮乏理性，长大的过程，是多么曲折！

我还悲怆在青春的岁月里，楼下飘上来一位长发女子冲我微笑。怔了几秒钟，醒了，是小魏！我印象中的小姑娘又来了个瞬间变身。我想我在她们的印象中可能不仅仅是变身了，变脸的本领也不小呢。这家伙显然是喝了不少酒，我也不敢再张罗喝酒的事，倒了一盏菊花普洱茶，三个女人的一台戏就拉开了大幕。

和小魏同学五年，还记得最后一次去她家是1996年冬天，吓了一跳，上个世纪啦！借书，后来一直没还，还在故乡的家里。每次回家都还看见，每次都会想，借了十多年不还人家，以后见着该怎么解释……如今见着了，提起这事，小魏竟已经想不起来。早知道，我惦记这么多年干吗。

接着说我和曼娘的话题，爱情、婚姻、家庭。自然谈到小魏。她选择结婚对象的理由竟然朴实到令我难以置信。他们单位对内部结合的夫妻分配住房，于是小魏响应单位号召，就内部解决了。她的青春可以如此冷静，不能不说这是个青春的特例。

小魏提起嫂子。忽然记起，哦，她有个哥哥。这时小魏诡秘地对我笑，揭秘了一件当年事。这件事情简而言之就是她妈妈相中了我，有意做她家的儿媳妇，据说我那时已经决意远走他乡，这事就被扼杀在萌芽状态了。我对小魏做遗憾状，早点跟我说，我不就留下来了嘛！其实我对她的妈妈和哥哥一点印象都没有了，一时间觉得很对不住他们。曼娘插嘴："你哥和嫂子关系怎么样？""很好啊！哦，那就不说了。"全体大笑……

夜色渐浓。这时候，小魏张罗着开酒。我们要了两瓶哈啤，我和小魏各自斟上，曼娘以茶代酒。为昨天，需要酒来纪念；为今天，需要酒的证明；为明天，我们都需要酒来祝福。

我们从青春那边来，聚散匆匆。举起酒杯，记住岁月长河里，浩瀚夜空下，有这么一个瞬间，我们为彼此而停留。

## 布列瑟农

女儿不在家，房间里像少了好几个人似的。窗外似乎在酝酿着一场暴雨，静谧中等待着那场雨的莅临。中午，我把加了几片青菜的排骨汤搁在餐桌上等它变凉。趁这个空当，我上百度搜索马修·连恩。

这是个并不熟悉的歌手的名字。那晚与一朋友 QQ 聊天，聊得最多的是音乐，自然就勾起与音乐有关的点滴过往。许多年前，喜欢听中央人民广播电台的“今晚八点半”节目，那日电波里传出的是一段旋律忧伤的音乐，那样陌生却震撼，如同面对一个充满魅力的访客；又是那样熟悉和投缘，仿佛它是循着我的呼吸和心跳踽踽而来。一曲终了，主持人亚坤阿姨已说再见。不知道曲名，也不知道演唱者是谁，就这么擦肩而过。就这么擦肩而过……有一种无奈，像一只挣脱了地球束缚的氢气球，只能看着它渐行渐远。这么多年来，心里却潜藏着若有若无的期待，或许，某年某月的某一天，还会与它不期而遇。

朋友在网线的那一头传来了几首好听的曲子，煞是喜欢，临了，建议我去买马修·连恩的碟，我心想这个人好像比我还了解我呢。如此就不能不在乎这个提议了。

关于马修·连恩的音乐，一下子搜到了六页。其中显示率最高的是 Bressanon，即布列瑟农，毫不犹豫地点了它。连接，缓冲，速度慢得使人失去耐心。转身去盛我的排骨汤。端起蓝花瓷碗的一瞬间，音乐骤起……仅几秒钟，我的思绪如潮水般漫过十多年前的“八点半”，那份忧伤，那段久违的旋律此刻终于卷土重来，我的布列瑟农！众里寻它千百度，无需回首，已在我心深处……时过境迁，那时的我还风华正茂，不识愁滋味，如今走过千山万水，便更读懂了音乐里的情绪，它让我感伤，让我沉静，让我感受空灵，让我怀念从前，让我体会无奈，让我渴求未来……整整一个下午和晚上，它的凄美旋律和温柔的力量融化了我。我仿佛化作了它的一个小小音符，跟着时光穿梭，行走。

“我站在布列瑟农的星空下，

而星星，

也在天的另一边照着布列勒。

请你温柔的放手，因我必须远走。

虽然，火车将带走我的人，

但我的心，却不会片刻相离。

哦，我的心不会片刻相离。

看着身边白云浮掠，日落月升。

我将星辰抛在身后，让他们点亮你的天空。”

音乐的尾声是渐行渐远的列车，然后，音乐停止，复归寂静。多像我并不漫长的人生啊，当年初次倾听，似乎是一种预示，预示了十多年间一个痴情女子的火车情缘。此刻出现在我万水千山走遍后的生活中，像是一个总结，一个句号。

发信息告诉朋友：布列瑟农，惊天的感动！这样的一首歌，如果不认识这样的一个朋友，如果我们聊的不是音乐，如果不在意什么马修·连恩，可能，这辈子与这样一首神交已久的歌就会失之交臂。当然只是可能，也许有另外一种可能，再遇到一个朋友，再由某一条路径抵达布列瑟农，只是不知还要修炼多少蹉跎岁月啊！朋友推荐马修·连恩时决不会想到我与他的歌有着怎样的渊源，那是我自己都不知道的事情。生活中的有些东西，来去不由自主，错过的还能失而复得，潜意识里的牵系竟可以如愿以偿，感恩这流年里的不期而遇。

# 因为喜欢

早上，朝南的教室有大把大把的阳光洒进来，窗外，菱形铁艺护栏的影子，美妙地投在室内的墙壁上。光与影，神秘地交合着。

午后，走廊上西边的窗口，有白杨树灿然的黄在摇曳。

明媚得使人心慌。怕即将到来的失去。

在我的记忆中，在东北这块土地上，从来没有哪个秋天像今秋这么灿烂，也从来没有哪个秋天像今秋这么久长。也许这样的感觉，只在我才有。大概因为从前低头行走而忽视了它温和的模样。

秋风扫落叶的残酷情景，仅出现了一次。那天是阴郁的，我在车子上。音乐台不紧不慢地唱经典的老歌——王杰的《回家》。树叶在风中“呼啦啦”地片片飘落。马家沟的河水悄悄地干涸，两岸的荒草已有一人多高。城市的街道灰蒙蒙，骑车的男人逆风行驶，红衣的女子匆忙赶路。有排列整齐的白菜蓄势待腌，有萝卜大葱在尘土中风干。晚秋的荒凉，跟着车轮摇摆。无论多么难舍秋日的暖阳，它总是要被另一种气候所代替的。天气预报也发布了降温的消息。一时间寒气已逼至眼前。天未冷，心先凉。

然而第二日，竟是明朗朗的晴天！第三日，第四日，气温不但没有下降，反而升高了。沐恩在大自然的光辉里，心存感激。苍天啊，我是这么地爱你。四季的轮回，对于偏爱某个季节的人来说，有一点漫长。所以害怕，害怕转眼就是严寒。

因为喜欢，所以害怕失去。

一场好看的电影，希望情节慢一点，再慢一点，怕它的结束，怕我的失落。

一部好看的小说，右手捏着剩下的越来越薄的书页，贪婪地盯紧每一个字，不在乎那是个什么样的结局，只想看一个丰富的过程。

一次朋友间的聚会，瞬间就落下帷幕。过后才从大家的言谈中得知，我们竟然一起度过了四个小时。在我，仅仅感觉一瞬光阴。

夜晚的巴士，车厢里寥寥的旅人，灯火阑珊而过，情愿永远这么坐下去，不想下车。

也是夜晚，看到穿城而过的双层列车，一块块灯光呼啸着，远去。多想，它奔跑的姿势，能够在我的视线里，多做停留。

因为喜欢，所以害怕失去。

季节的脚步无法停留，好在下一个轮回，还可以再见。世间万物，我们所至爱的，是否都有轮回？如果有，我们静静期盼。若没有，将如何？

## 我有个同学叫闫隽

我一直记得我有个小学同学叫闫隽，我们只是一年级时的同学，二年级以后我转班了。虽然我根本回忆不出那个小孩儿有着怎样的轮廓怎样的面目，甚至连模糊记忆都没有，但是不影响我对他印象深刻。当年我们都住在巴掌大的学校附近，课余时间，既是邻居又是同学的孩子们成帮结伙，奔跑着来，呼啸着去，像胡同里的一阵阵旋风，妈妈不喊吃饭就不知道天黑了要回家。闫隽家跟我家隔一条马路，也是平房，我和小伙伴们都去过。小孩子们不光傻傻地玩幼稚游戏，当然也会有各种交流，比如我知道闫隽他爸在农机厂工作，闫隽他妈是共产党员。那时候“共产党员”的称号多么高大上啊，我们通过看仅有的几部电影对党员形象无比崇拜。

我转班以后，有了另一拨玩伴，我在我母亲的班级上到小学毕业。我母亲送走了我这个班以后，又带了一个班。她曾经感慨，当了一辈子老师，就带了两个班的学生。而第二个班的学生中，有个孩子叫闫祺，他是闫隽的弟弟。那些年，母亲会经常提起班级的孩子，谁闹了什么笑话，谁惹了什么祸，谁有什么超人的天赋，谁的家长来校扬言老师你随便打，打坏了不用你负责。据我母亲后来回忆，闫祺属于很漂亮的小男生，很活泼，却又胆小，有时候一逗他就会掉眼泪。闫祺他妈，这时候跟我母亲有了比较多的交流和沟通。后来我长大才知道，闫祺妈妈的名字在诗词界响当当，是中华诗词协会会员，《塞北诗声》副主编，她叫张玉伟。

很多年以后，那时候闫祺早已毕业，我已经参加工作，我们都搬离了原来的那片平房住宅。那天大概是星期日，我妈出门买菜，在楼下遇到闫祺他妈，邀她上来坐坐。这是我第一次见到张姨，或者说第一次真正形成印象。中等身材，体型匀称，皮肤很白，比齐肩长一些的卷发，说话声音朗朗的，笑意飞扬，用现在的词形容就是知性、优雅、大气，绝对是小县城里少见的美。我爸从里间迎出来，他很意外，哦？是玉伟来啦！原来都是相熟的人。

聊天的主题后来集中到我身上。我母亲跟张姨说我热爱文学，张姨显得很激动，问我写不写诗，她有《诗刊》的同学，可以请他们帮我看看诗稿。我自知不是写诗的料子，心里为张姨的这份热情而感到惭愧。

那时候张姨四十多岁，那是她留给我的唯一一次印象，现在想起，依然鲜活，仿佛就在眼前。

后来我离开故乡十余年，再没有见到张姨。

五年前，我已在哈尔滨。有一天打开一位师长的博客，眼光先是落在题目上，《悼张玉伟》，脑子“轰”地一下，看下去——

玉焚烟消香魂残，
闻道噩耗泪满衫。
曾吟往昔同窗志，
也唱今日大风篇。
一册诗声塞北去，
万首歌咏九州还。
陨星驾鹤长流韵，
仰天难语夜空繁。

我母亲就在我身边，我给她看这首悼亡诗，她的眼泪瞬间流下来。她说她要找闫祺，要跟他说说话。天啊，我们上哪儿找闫祺？其他人又有谁能与闫祺保持联系，没有一点线索，那一刻，闫隽仿佛从前的一个影子掠过我的脑海，就像一个幻觉。后来我在网上的一个诗友论坛里看到许多人在悼念张姨，我跟母亲说，在这儿留个话吧，如果闫祺能看到，他会联系你的。于是留下了我母亲的姓名和电话号码。但是，五年里，没有一丝音信。

今年夏初，我和初中同学有了联系，在哈同学先期进行了一次小聚。席间，他们提到还有几位同学失联，其中就有闫隽。我有点懵，我说我小学有个同学叫闫隽啊，初中这位，断片儿的感觉。大家帮我分析，也许是因为你初二才来到咱们班，对同学不太熟悉。不可思议，即使此闫隽非彼闫隽，我对这个名字也应该是敏感的。实在悬疑，在我记忆力那么好的时期竟然完全忽视了一个人的存在。

近日，初中毕业 26 年同学聚会如期进行。我的初中同学闫隽也终于被“打捞”上来。闫隽从部队转业后安置到了哈尔滨工作。有一个现象我没法解释，那么多同学我都能从他们的脸上看到中学时代的模样，唯有闫隽的样子，依旧陌生。

五十多个人集中在一起，七嘴八舌，异常喧闹，我需要喊着跟他说话。我说我怎么对你没有一点印象呢？但是我有个小学同学也叫闫隽。没等闫隽反应，我跟进一句，你是在东方红小学毕业的吗？他惊讶的神情让大厅里的嘈杂都喑哑下去了，是呀，你怎么知道？那你有弟弟叫闫祺？对！你妈妈叫张玉伟？写古诗词的张玉伟？

一切都如接头暗号一样吻合。

闫隽对我们是小学同学这一点仍心存疑问，他是中学时因为留级才到我们这个班的。哈哈那就更对了，我是因为理化成绩太差，在初三的时候也留了一级，并且转了学校才来到这个班的。

叙了许多旧话，留了我母亲的电话，请他转给闫祺。闫祺当即打给我母亲，说他看到了论坛上的留言，但是那个电话打不通，他又去我母亲退休前的工作单位找过，也没有问到下落。

昨日我在兄弟俩为张姨整理的诗集中得知，张姨退养之后的十年间，一直居住在哈尔滨，而她的家，距离我和母亲趴在电脑桌前寻找他们信息的我的那个家，依然像小时候那样，只是隔了一条马路。

我在叙述这件事情的时候，努力让文字平静，我知道这只是万千生活中平常的一幕，生活的本来面目也许就是这样，许多人，近在咫尺，却在努力寻找。兜兜转转，来不及说再见的时候去了，一转身又遇见。有些人还能遇见，有些人永远失之交臂。在那样一个悲喜交集的时刻，那些往事，漫上来，叫人感怀。

# 那些嗑瓜子的岁月

见过向日葵刚成熟的时候，被农家的主人割下来，小孩子把花盘仰面朝天地抱在怀里，小心翼翼地拔下一颗，费劲儿地剥出里面的果实，欢喜地丢进嘴里，再拔一颗，再剥……不记得在哪里见过的场景，却深深地印在记忆中，时间久了，倒好像自己曾拍过这样一幅只有底片的相片，永远没有机会冲印出来，却珍贵无比。我记得我也好奇地尝了尝新鲜葵花籽的味道。瓜子壳上面还有一层细细的绒毛若隐若现，软软的，瓜子仁跟我们吃到的是完全不同的口感，那是一种吃新鲜植物的感觉，嫩嫩的，仿佛还有汁液，味道清香却有点生涩。

当然这只是农家娃近水楼台才可以享用到的。多数时候，我们吃的瓜子要经过脱粒、晾晒、炒熟。

我们这些寒地黑土长大的孩子，若说小时候比较常见的零食那就是葵花籽了，从秋到冬大半年时间不见绿色，物质又匮乏，葵花是这块土地唯一可以成为消遣的作物，除此想不到还有别的什么。三十岁以上的人，很多人牙齿都有“瓜子豁”，就是长期嗑瓜子门牙上形成的豁口，有的明显，有的不易觉察，跟瓜子吃的多少是有关系的。

我刚参加工作的时候，有一天在办公室，主抓教学的副校长进来了，问，谁的瓜子？便坐下来，翻开那张桌子上的一摞作业本，右手“刷刷刷”就开始批阅，左手不断地拈起一颗颗瓜子，一会儿工夫，吞吞吐吐中，一个班的作业批完了。

这种边工作边嗑瓜子的情形当然是特例。瓜子是一种休闲食品，吃瓜子得有闲，从前的人特别喜欢串门，亲戚呀，邻居呀，坐下来说些闲话，边聊边嗑瓜子，瓜子壳就那么扬扬洒洒地吐到地上，那是多么任性多么无拘无束的年代。现在倒是讲究卫生了，剥瓜子的时候面前有个盛放杂物的小盒子，显得缩手缩脚的，偶尔掉到地板上赶紧满地去找。

影视剧里我们会看到很是非的主儿，一边把瓜子壳吐飞，一边扯些挑起事端的话题……瓜子在这样的场景中充当道具，也挺冤枉。

那些年电影真多，电影票真便宜，看电影是主要娱乐方式，我们常常嗑着瓜子看电影。

进场前总要买点瓜子,像现在年轻人要买爆米花可乐一样。卖瓜子的用一个小茶盅，粗糙厚实的并不白的白瓷，杯口处有一道或两道蓝色条纹做装饰。一毛钱一盅，舀一下，然后抓起一把往上填，其实就是做做样子，好像很不吝惜地想多装点，其实已经盛不下了。

很多时候，看电影之前妈妈会在家里先炒好了瓜子。把我们的上衣挎兜和裤子的口袋装得鼓鼓的，生怕电影的时间长不够吃。进了影院时候还不敢坐下，也不敢弯腰，口袋里的瓜子很容易撒出来。站在过道上先吃一会儿，吃到不那么满了，再坐下来就放心了。瓜子壳习以为常地吐到地上，这倒不是因为我花了钱买了票所以心安理得，而是家居生活中就是这么畅快淋漓的，不吐不快吧。

电影放映到安静的画面时，你会听到影院里此起彼伏嗑瓜子的声音。偶尔遇到紧张的情节，大家屏住了呼吸，却偏偏有那么一两声清脆的瓜子壳碎裂的响声，仿佛万籁俱寂的茫茫夜色里，还有醒着的人，有一句无一句地谈天说地。散场的时候，折叠的座椅“劈劈啪啪”地弹起，工作人员急火火地开始清扫，简陋的影院里响起笤帚、地板与瓜子壳摩擦发出的“哗哗”声，若有人拍那个时期的电影，这场景是颇具代入感的。

近些年常在入秋后的某一天忽然发现，黄昏的街角飘来阵阵炒香，地道的烟火气息，不呛人，甚至有些好闻。有人当街支起一面锅，瓜子现炒现卖，不时地对来往路人吆喝：“新瓜子喽！”“新”是卖点，新瓜子的特点是香，有一种活跃的香气。买上一斤或半斤，看电视的时候抓一把来吃，味道还是那个味道，却已不复当年的心境。

去影院看电影的时候曾想带一包瓜子，后来还是作罢，担心嗑瓜子的声音扰民，不是哪里都适合怀旧。

# 说话

我从小对接触生人有心理压力。这种压力一般体现在语言障碍。家里流传着关于我的两个经典故事。一个是在我七八岁年纪时，我妈带我们姐弟俩回她的娘家，大家族里那些连环的亲戚关系叫人发晕，据说一个从没见过我的、我妈的什么叔伯大娘跟我唠嗑，我竟不答话，我话痨的弟弟告诉人家，别跟她说话，她是哑巴。我妈的那个叔伯大娘一脸忧戚，扭头跟旁边的亲戚叹息，唉，好好的姑娘怎么是个哑巴？这时候我瞪圆了眼睛冲人家吼，你才是哑巴呢！另一个是有一次随父母外出，不记得到了什么人家，一桌子人吃饭。吃了好一阵子了，有人问，姑娘怎么不吃呀？我这才小声地嗫嚅了一句，我……没有筷子。

有人靠语出惊人聚焦目光，我那时竟因为沉默不语而备受关注。

我真正开始说话是在师范毕业以后。我妈那时候有意安排我去她曾经工作过的学校——校长是她一同成长的同事。我想是因为把我放在她熟悉的地方，放在熟悉的人身边，她才会放心。我称魏姨的校长看着我长大，是个典型的快言快语说话口无遮拦的东北女人，听我妈说完来意，面露难色，她能教课吗？

我并没有去那所小学，而是到了我就读过的中学。试讲那天，课堂上坐着德高望重的大校长和业务精深的二校长，奇怪的是，我没有丝毫的紧张和压力，表达清晰顺畅，整个流程井然有序。最关键的，我发现我越讲越投入，竟然激情洋溢，仿佛并不是我的第一次上课。校长们认为我具备语文老师的基本素养。我便留在了那里，直到后来调离。有一年春节我去看望老校长，他已经年过七旬，退休多年。我没有说你给了我教课的机会，也没有正儿八经地表达什么感激之情，他需要的，应该是退休了还有人能来跟他说说话。

后来走南闯北，四海为家，倒是不怕说话了，却没有强烈的表达欲。有时候饭局上会遇到“话霸”，思维敏锐出口成章自以为妙语连珠，满桌子配合着哄笑一阵，其实大多也就是出于礼貌。

注定了生活圈子就那么几个人。可以闷头吃，随性喝，想说话就说话，不想说尽可以沉默，也会有被要求说话的时候，表达心情吧，确实觉得我的说没有我的写更能传情达意，但是在那种微醺的时刻，在亲情的感染下，在质朴的友情的包围中，说话的欲望还是被唤醒了。我会说，我要说的第一自然段是——第二自然段是——总之，段落是清楚的，主题是鲜明的，情感是真挚的。有一回，说着说着，竟笑场，酒洒出去又被补满。

写到这，想到有那么一些朋友，不善言辞，甚至木讷，他们往往会借酒表达丰富的内心世界。一位从事俄文翻译并写诗的女友，平时遇见谁只是腼腆地笑，也不过一瓶啤酒下去，犹如神来之力，语言像春风解冻了冰雪一样，第二瓶啤酒喝完的时候，已经觉得刚刚说的话不足以表达沸腾的内心，需要重说。勇气比不喝酒时要强壮几倍，思路比不喝酒时候畅通许多，条理清楚到像打了草稿，让人怀疑，是不是酒疏通了思维？

当然这是放松的私人聚会，在这样的圈子里的说话没有负担，说得乱七八糟词不达意也不会有人笑话你，我怕坐在饭桌前跟开会似的，说话跟社论似的，说完了跟春晚叫好似的。不过有时候遇到真正的会议，还是会打怵。

那年春天，去作协开座谈会。我很谨慎地问，需要发言吗？那边老大姐给我吃定心丸，不用，来听就行了。到了那里却是另一番情形。一环形长桌，迟子建主席主持会议，作协领导及省内各位副主席以及二十余位作家围坐一圈，子建主席说，从这边开始发言，一个也跑不了。瞬间脑袋就大了。跑不了，先听别人怎么说吧，听着听着我发现，有些著作等身的人讲起话来不过如此啊。一位很朴实的中年汉子，说，我从大兴安岭来，我们大兴安岭出来了一个著名的迟子建，这是我们的光荣。子建笑眯眯地问，你从加格达奇坐了一夜的火车赶来就为说这几句话？那人说，是呀，我说完了。大家都笑，但绝非嘲笑，从事写作的人，不善口头表达，大家报以宽容和理解。然后我讲。讲我的名字，讲迟子建《额尔古纳河右岸》里面有不计其数的清风，讲我的写作意义。讲完了，偷偷地长长地舒了一口气。别人说讲得挺好，我不知道是安慰还是真的挺好，反正那份紧张谁知道啊。

不喜言辞，不善言辞，这是注定了的。好在说话不只是有声的表达，还可以这样，比如此刻，你坐在那里，看我的文字，我用这种形式，跟你说话。

# 杂记，春安，如常

与旧友闲聊，称至今保存我若干年前写给她的信。充满好奇，原来我的青春竟还藏在今天的某处，在 LOMO 一样幽幽暗暗的影调中熠熠闪光。回望过去的日子，像一颗颗干瘪的枣，风干了水分，却仍然能够照见饱满时光，至今营养。

女儿刚从电视机前挪开步子。边吃饭边告诉我，杭州在下小雨。就这么一句，心里顷刻间草长莺飞，花红柳绿。北人对南方持有恒久的神往，我对杭州却是水滴对汪洋一样的归属之心。乐于相见，也乐于想念。见有见的熨帖，念有念的丰盈。如果给来生一个期许，我愿意把我托付给杭州。

音乐频道播放刘欢个唱，声势浩大。其实不用看场面，他站在哪里，就是“标志性建筑”。不仅在于外形，还有王者风范。每一支曲目，仿佛年代的标签，歌声过处，封存在那一时期的往事，如同久不清扫的房间里的尘埃，在光芒里，被“噗噗”地唤醒。一首《璐璐》，并不好听，歌词和旋律均不动人，但是情意真切，唱给他的卢璐。听者动容。

约了住处附近的朋友一起吃饭。朋友年长于我，为人热情处事周全，总会给我懵懂的人生以点化。一顿饭吃下来，她的电话短信响到无以计数。对着电话如同热恋的少女。是她的先生，多年原配。我对这种起腻报以艳羡。她呵呵地笑，说，吃顿饭都不消停，多烦人。话是如此轻描淡写，脸上尽是浓情蜜意。

偏爱某一类作品，喜欢的是他或她或它的节奏，不疾不徐，总有散步的情绪。比如安妮宝贝，比如董桥，比如《理想的下午》……却从不对这类人有任何向往。闲云野鹤适合待在书里头，现实总会视其为另类。办公大厅里紧张忙碌，那个人仍然优哉游哉哼着西皮慢板“我本是卧龙岗散淡的人”，像不小心泼到水里的一抹油，融入不了，是它的运命。不值得同情，亦不令人尊敬。某一时刻该有某一时刻的状态。

亲人们从一地飞往另一地。途中发来短信，飞机正经停合肥！每人发来一条，不说感慨，只陈述事实。我回，替我多看几眼。妹妹情深意长，整个城已经放到眼睛里，无法自拔。

编辑在博客留言，《县城少年》给她用。早已过了把文字变成铅印而激动不已的阶段，在安徽发表却另有深意。那是一家发行量七八十万的报纸，有我钟爱的版面。青年时代，它曾是我文字的园地。给编辑发了私信，还是用我原来的名字，安徽人民应该记得我。写字的人，总会产生被阅读的期待，是情结，说虚荣也无妨。果然如我预期，收到各种形式的反馈——赞誉以及想念。

傍晚喝了一小杯拿铁，整个人彻夜被拿住。以刷微博的方式在幽幽的蓝光里刷夜。有人贴了照片，割腕的手，血滴在地板上。开始以为是行为艺术，定睛再看，自杀进行时。博友们疯狂转发，求助媒体，通过警方，把一个青年男子从死神手里夺回。这夜我最后一眼看时间是凌晨4:20。5:20闹铃叫醒。删掉那条转发的微博，他已无需关注，伤痛拒绝展览。

11岁的男孩，从二十多层，轻飘飘坠落。他有蓝天一样的名字，却终究扑向大地。孩子啊，那有多疼啊！我把自己想象成他的妈妈，抱着血泊里的小孩空了五脏六腑，无声号啕。教室里新转来了学生，座无虚席，仍旧如常。去的尽管去了，来的尽管来着，来去之间，大地春回。

女儿报告我，班上的几对情侣都散了。我追问原因，说不清楚。世界上所有的相遇都是相似的。世界上所有的分开各有各的不同。包括少年的他们。我想说，还会有新的。就像这春天，残雪在化去，为了一身新绿，满城以肮脏的面目脱胎换骨。商场里，春装上市，冬装两折起。

第三辑

# 北方

头顶上的星星贼亮。灯火也开始装饰起来。夜的镜泊小镇本身就如梦境。踩着木楼梯，悠悠然地去寻找梦里的梦。在这样的房子里，适合在灯下写一封手写的信，寄给最想说话的人，告诉他镜泊小镇的白天和黑夜。

# 白桦是用来仰望的

很小的时候读到白桦，是在课文《美丽的小兴安岭》中吧，在老师的解读中初相识。那时候使用与教材配套的教学挂图，年画一样贴在黑板上，我美丽的语文老师声情并茂地朗读："我国东北的小兴安岭，有数不清的红松、白桦、栎树……几百里连成一片，就像绿色的海洋。"白桦最初的样子，就是黑板上朴素的图画，还有语文老师清亮悦耳的抑扬顿挫。

后来每次行走在山间，看到任何树种都并不惊诧，唯有白桦的出现，眼前会倏忽一亮，同时喊出她的名字，白桦！这树的与众不同，在于长相素洁，沉静，颇有清高之气，却意外地具有惊艳效果。像有的人，不粉饰，不张扬，不矫情，往那儿一站，就是姿色，清气四溢。

白桦不仅像人，也颇似一个国家的性格。读过一个感人的故事。苏联二战时期，少女在白桦树下送别心爱的人上战场。一百多个日夜的牵挂与盼望，等来了年轻人战死在斯大林格勒的消息。少女的名字和心上人的名字还刻在白桦上，刻着名字的白桦仿佛圣洁的墓碑。最终，少女在这林子里守成了老妇。这是一个诉说忠贞的故事，对国家的忠贞，对爱情的忠贞，在冷峻的忧伤里，把一个民族的血泪寄托给高洁的白桦，沉默又坚忍。

俄罗斯人的精神不仅体现在他的勇敢，还有独特的艺术气质。那些发挥到极致的文学、绘画、建筑、戏剧、舞蹈等艺术形式，令人唏嘘不已，高贵的文艺范儿确实透在骨子里。叶赛宁有著名的诗作《白桦》：“有一株白桦， 立在我窗旁， 覆盖着积雪， 像披着银霜。 毛茸茸的枝上， 冰凌儿挂满。 像雪做的衣边—— 流苏闪闪。”描摹的仿佛不是一棵树，而是一件细腻的瓷器。描摹的仿佛不是现实，而是别人的梦境——自己尚无能力做如此唯美的梦。

看俄罗斯油画，题材最多的当属白桦。被春水绕着，被杜鹃映着，被秋意染着，被严冬锁着……白桦在他们心里，大约相当于梅兰竹菊在中国人思想里的地位，《竹石》啊，《红梅赞》啊，暗示了民族气节。

东北从历史和地理位置上来说，与俄罗斯的交往可谓源远流长，受俄罗斯文化的影响自然而然。

那年有南方的诗人来，问我绥芬河距这里有多远，去海参崴需要什么手续，问我能看到白桦的最近处在哪里。诗人试图从白桦、从边境城市嗅到一些俄罗斯的艺术气息。当时我还说不出，我对我生活的地方还缺乏了解。

终于在植物园邂逅白桦，实在谈不上规模，只是比几棵多了几棵而已。林业大学的试验场也有，看上去倒是像白桦林了，但是生长在城市的围墙里，像鸟儿关进了笼子，少灵性，亦少野性。

后来我的脚步走向黑龙江更广阔的土地，走向绵长的边境线，白桦的身影无处不在。

刚刚过去的这个秋天，我与白桦在距我生活的城市 70 公里外不期而遇。秋天的阳光明艳奔放，适合作诗，适合画画，适合摄影，适合坐在树下闲谈，适合躺下来望向深邃的天空，也适合发生点爱情故事之类，只是不必把两个人的名字随意镌刻，精神气质还没有跟上，形式上的文艺只会使根基脆薄。白桦，我们可以把它当作高度来仰望，当成装饰，就不必了。

# 萧红，我替你看见

第一次看到呼兰河的时候，我是惊讶的。我不知道我要去的地方途经呼兰河，这是一条文字里的河啊。在疾驰的火车上我想啊想，萧红她们家到底啥样子。这情景过去二十年了。此刻回忆起，犹在眼前。

这几年，我多次去呼兰河。像是替朋友去探望她曾经的家。春时去，光秃秃的院落，凄凉，寥落，目光得不到丝毫慰藉。冬时也去，落了雪的门楣，清清淡淡，屋里屋外一样的寒意。秋天走进那个大宅院，一直是我的盼望。萧红曾写过："秋天到了！潇洒的秋风，好自玩味！"在我，或许就是觉得秋天该有盛景。即便不属繁华，也该丰满。

阳光从早晨开始明亮我的目光。我的目光开始眺望萧红离我不远的家。终于在午后，推开宅院的大门，站在门前一棵海棠树下。串串红彤彤的果子，姿态招摇，定格成秋天经典的风情画。有各色菊花绕舍开放。宅子清冷，斜射进来暖暖的光却多情。高大的树木借着日头搔首弄姿。木栅栏也趁此投下光影，照镜子一样顾影自怜。残缺的蒲公英，柔弱却不乏定力，似乎在等待飞走的那一半，有一天能够回心转意。房山头的野花野草，低调，享受宁静和寂寞。

后花园是萧红童年时代的乐园。后花园的图景，萧红在《呼兰河传》里赋予它浓墨重彩。课本里节选了《呼兰河传》的片断，加了标题《我和祖父的花园》。文中的祖孙两个人，快乐无边，自由无边。那快乐和自由让孩子们的心也跟着跃动。可是我告诉他们，萧红写作此书的时候，她已经没有快乐了。她一生都在追求自由。那一切，都只是怀念和向往。

后花园里向日葵在成熟。红艳艳爬蔓的叶子我叫不上名儿来。有矮矮的花木在凋敝，桃树，或者丁香，看得出它经历了春夏后衍生的疲惫。看见狗尾巴草，女娃时代的萧红曾经把这当谷穗留下，把真正的谷穗当野草割掉。还看见枯萎了的秧苗，不知道是什么作物，被细碎的阳光一照，焕发成熟的美。

弱小的蚊蝇，透过逆着的光线竟看见晶莹的羽翼。欲按动快门的手，被狠狠叮了一口，下意识地用另一只手抓挠，顷刻隆起一片红肿，手背上留下一抹猩红。这让我惊喜，如此有血性的地方，还是萧红笔下的那块土地。

真是我想象中的丰满，生动在秋阳里，在百年萧红难得一见的时光里。

萧红，你远在他乡，此刻，我替你看见。

在萧红纪念馆的墙壁上看到一幅画，1931 年深秋，萧红流浪在哈尔滨街头，那时候，她 20 岁，距今整整 80 年。此后，她漂泊一生，再也没有回过她的呼兰小城。31 岁的萧红病重香港，离世前曾有愿望说给骆宾基，希望他能送她回上海，然后转道回家养病。呼兰的这个家，成了她永远的遗憾。

看门老人说下班了。我倒退着走向出口。看老人关了一扇门，又一扇门。

萧红，你的家一直在。好好的，有人看守。我替你看见。

# 重上驿马山，春去春来又一年

那座山，是否已经到了去年时候的样子。春风起时，这样的念想，时隐时现。像是一种情结，搁在心里，秘而不宣。

此行计划并无驿马山。

在县城绕了个大圈子，找不到回来的路。因此耽误了时间。途经山下时，正好赶在太阳西斜。贪婪的镜头不愿意错过每一次的夕阳。有电话来，晚上预定的事临时取消。那就不必急于返回。

天遂人愿，种种因缘，得以重上驿马山。

有时候对待同一件事情，青少年时期和人到中年会持截然相反的态度。是因为人的经历和心境起了变化。

同一处风景，去年相遇，今年故地重游，这一年光阴流转，变化无常，自然感慨万千。

夕阳发出不太透亮的光芒。仿佛一个醉态的女子，把持不住的光辉一泻千里。土地，湖泊，房舍，树木，枯草，新绿，无限荣光。

世界本是如此之大。梦里都难以奢望的天高地远。即便站在城市的高层建筑上，无论多高，你都不会看见本色的土地，而眼前恰恰是我们需要的安静与熨帖，是生命的保障，让我们觉得，即便我什么也没有，我的脚下还有踏实的泥土。

这样一处所在，遗憾离家门太远，不然遇到烦恼和纠结之类的狭隘事，可以随时攀上山顶，开阔耳目，舒展灵魂。

山上并不见什么人。却又像涌动着拥挤的人潮。每穿过一串经幡，都像与一个揣着虔诚信仰的佛教徒擦肩而过。端详着五彩的旗帜，看到的是看不见的人潮对人世的迷茫，却执着向往。这对我，或许是一种暗示。

风声正紧，并无鹤唳。那些叫作风马旗的经幡，在风中高调扬起。一直不得其解，青藏高原上才可以看到的风情画面，如何会在东北大地形成气候。并且今年的气势，较之去年更为壮观。看不懂上面的经文，隐约识得有的经幡上画了马，想必这马在藏传佛教中应是吉祥的象征。这样看来，风中摇曳的马，传送着吉祥如意，就是对风马旗粗浅的理解了。

我没有见过其他季节的驿马山，但是我确认此时此刻的驿马山最具意味。蛮荒得富有古意，苍茫得名副其实，多彩到给人无尽想象。

人需要把自己的个体放置在大环境大背景中。除了天和地的人间景致，还有古和今的日月交替。身外是个大世界，清风呼啸，愿望飞扬，应和着肺腑，清清凉凉。眼皮子底下那点事儿，如果无从解决，埋头亦无济于事，走进满耳的风中，既可随风祈愿，又可随风而去。

还是春天。还是驿马山。是否，还是我？

# 去通河做个梦

一个地方待得过久，思维滞涩，创造力想象力不自觉地衰退，梦也是有气无力的。换个地方透透气，连梦都会变得生猛。

仿佛少年时候生活的大杂院儿，有小巷纵横交错。头顶上凌空而来一只庞然的飞鸟，大如《西游记》里从天而降的妖怪。我拼命奔跑，朝家的方向。不时抬头看这怪物，担心它会俯冲下来，发起突然袭击。我的奔跑并不是为了逃避它的追赶，我是想尽快跨进家门，取来相机，拍下这诡谲的情境。梦里的心理活动真切有质感，有如我此刻思绪汩汩流淌。我在梦结束的时候取来了相机，看向飞鸟来过的天空，不留一丝痕迹。

做这个梦的夜里，我在一个叫通河的小城。松花江就在百米之外静静流淌。我携着自由的心让平淡的夜晚陡生悬念，那只鸟从哪里来，到哪里去，有何暗示，有何寓意，永远是个谜。我也并不想探寻谜底。仿佛看一场魔术，神奇诡异险象环生不可思议，悬念的意义在于过程，而谜底一旦揭开，便觉无趣。但是我相信，世间任何一种征兆都有它的前因后果，哪怕是梦。

佩服自己，梦做得如此规模宏大，有强烈的视觉冲击力。音效也好，但属于后期制作，是我在清晨醒来时候复述给同行的朋友听，边回味边配音。比如我奔跑，我想象脚步应该掷地有力且是环绕立体声。比如飞鸟的翅膀与空气摩擦所带来的强大冲击波。比如一切复归平静后我的目光扫过天空时的寂然无声。于是这梦让我修饰过以后，已然一部气派的大片。

我们对陌生之地总会有向往，那里的天空、河流、山岳、土地，甚至花草树木都有无限新意。这是梦所需要的土壤。

一行人从宽阔大道下到村路。浩荡地停靠在“坑烤”招牌下。这种地界儿，若无人带领绝不敢尝试。之前已经数次谈起“坑烤”，思维活跃，众说纷纭，像前些年的电视节目《正大综艺》。有人问是不是地下挖个坑？也有人说应该像叫花子鸡那样的做法吧。

“坑”实际是在室外垒起来的灶，看不见明火。我们的那一坑已经提前备好。“坑”口覆着沙土、砖头，像是猎人惯用的防范措施。一切都原始得天衣无缝。操作的师傅戴了手套，挪开砖头，拨拉开沙土，掀起盖子。用锡纸裹着的各种肉类，用报纸包着的鸡蛋，还有土豆地瓜，均表现得低调内敛，不动声色。而所有观望的人，都已经喜形于色。师傅掏出里面已熟的食物，一样一样，格外小心。我想象他手上的温度，以及热量传递时他是否也拥有了温厚情怀。

切割好的肉摆在桌子上，色相无可挑剔，还配了解腻的柳蒿芽婆婆丁豆瓣酱。桌子在一个不大的蒙古包里。蒙古包就扎在种满了茄子辣椒的秧苗旁。那些初露端倪的小苗们，在浩大天地间柔弱得叫人心疼，它们要结出果实，小小身躯肩负重大责任，去完成土地的梦想。

我看到平常看不到的裸露的泥土。我像一株植物回归到我出发的地方，忽然获得了力量，有一种振翅欲飞的冲动。原来我就是梦里那只庞然的飞鸟，那是真的我，正追逐着慌张的我的躯壳，于是在肉香、酒香与乡野的风中，我逐渐清醒和轻盈。

# -25℃，我在雪山之巅

说是雪山，并不完全恰当，雪山一般指常年积雪的山。而东北的山，在冬季也会呈现出雪山气象，山舞银蛇，原驰蜡象，一派霸气。

闹钟在凌晨响起，正是一天中极寒之时，天还完全黑着，与摄影团队出行，由不得你懈怠，早出晚归爬冰卧雪是常态。当大家在漆黑的夜色里抬头看见星星的时候，臃肿的体型仿佛不那么沉重了，看日出是没问题了。

乘上了很小的客车，人装进去便显得拥挤。出了雪乡，看到车前大灯投射到前方道路上，路面仅容得下一车通行，两旁是没膝的雪，方知这样的路也只能走这样的车。车子在攀爬。

车里黑乎乎的，大家怀抱沉重器材，不言不语，每个人的内心，都像这沉静的黎明前的黑夜，正有一轮红日，等待喷薄而出。

到达羊草山，四野里依然没有亮色。我们像一群夜袭的人，只听见雪野里“咯吱咯吱”行进的声音，摸黑找到观景台，支起三脚架，在猎猎的北风里遥望东方。天空一点点有了变化，先是沿远山的曲线发出红光，天空呈现魅力的蓝色，接着那一道红光明亮起来，群山起伏的线条逐渐清晰。再后来太阳就毫无悬念地跳出来了，落落大方地给每座山、每个人、每一棵树都披上金光。其实那时我的脚已经冻得快失去知觉，手指也僵硬得不听使唤，拍片明显力不从心。庆幸的是眼睛空前明亮，心脏仿佛也比以往更鲜活更强健，一个肉体凡胎，对神奇的自然，于某个时间与空间交汇的瞬间，惊鸿一瞥，再难相忘。

午后再出发，要去的是老秃顶子山，从雪谷山门处乘上一种新奇的观光车，称作“雪龙号”。它的长相颇似坦克，履带上有结实的锯齿，靠履带链的滚动向山上攀援。开始看到的还只是寂寥的枯败景象，大约爬了二十多分钟以后，画风忽变，天空、山石、树木都进入画境，在空灵的天地间，连旋起的风都裹挟着清绝的美感，更不要说那远远近近一望无垠的大写意风光了。

越向上走越开阔，粉妆玉砌的样貌越突出。山上已有了黄昏的意境，那些峥嵘的虬枝，从车窗前检阅似的一一掠过，手机抓拍了，即便不清晰，也舍不得删掉。与山上下来的“雪龙号”擦肩，我们看他们的时候，他们也在把我们当风景，一瞬而过，用手机镜头追随，正好拍到后窗映出天边的落霞，有人伸出手，抹去玻璃上的水蒸气。像一个温馨的电影画面，唯美得仿佛刻意而为。

车程较长，却不单调，遗憾中途不能下车去捕捉树的种种妖娆。到了“雪龙号”停靠点，置身玉树琼枝间，深深体会到，“大雪压青松”不仅仅是诗句，那是走过多少路爬过多少山吃过多少苦之后的感叹，是风景，更是对生活的态度。

雪龙峰上，夕阳正好，光线比期待的还要炫目，连凛冽的风都带着灿烂的光芒，让内心沸腾。一个渺小的个体站在久违的大场景里，除了激情澎湃，只剩下分秒必争时不我待。怕夕阳落得急，来不及感慨人生几何去日苦多，留下珍贵的镜像，希望它成为插图，静悄悄地停留在我生命这部大书里。

有人说冬天不是看山季，其实春夏秋三季的登山和冬季看肃杀的大山，是完全不同的两回事，风光不同，心境不同，感触也迥异。如果说平常的登山是一种运动的话，那么站在雪山之巅，人的眼界、境界、心态，会自然发生变化，至少在那一时刻，我们胸中有丘壑。

# 哈尔滨，美在深秋的那些老建筑

从地铁铁路局站 4 号口出来，就进入了耀景街。夜里的霾在早晨的阳光里渐渐消散，远远地看去，娇黄的树叶逆着光，像簇簇黄色的云霞，要不是被淡蓝的雾气罩着，会更加娇媚。街道不宽，路两侧的店铺安静，车也不多，偶尔“唰”地驶过一辆，仿佛是有意用一瞬间的“动”来衬托这里的安静。

行至耀景街 22 号，有文物标志，上写：苏联驻哈尔滨领事馆旧址。未及深望，大门里的多条大型犬狂吠不止，迅速闪到它们看不见的地方。栅栏已斑驳脱漆，那些爬蔓植物枯萎了，挂在上面，深秋的风冷飕飕的，吹得它簌簌直响。院子里荒草丛生，明显地久无人烟。建筑是典型的俄罗斯风格，黄色外墙，绿色格子窗，虽然沧桑，但不破败，依稀能想象一百多年来它经历的风云往事。这是上个世纪初修建中东铁路时建造的府邸，1919 年首次成为苏联驻哈领事馆，1929 年关闭，1931 年“九一八”事变爆发后又成为驻伪满洲国的领事机构，1945 年领事馆再度关闭。1949 年新中国成立后恢复。1962 年由于中苏关系紧张关闭。有消息称，俄罗斯或于 2018 年恢复驻哈领事馆，不知是否属实。如果是真的，这个寂寞的院子甚至这条路，会有一些更优雅的气氛了吧。

其实这一区域的很多建筑，都呈现明显的俄式风格，自然是那段历史的遗迹。正对耀景街 22 号的，是联发街。

老房子依街而建，多为明黄加白的色调，有的是独栋别墅，高低错落，一栋小楼就是一个充满神秘色彩的故事，如果比喻成小说，那就更文艺了。不敢贸然进入，从虚掩的门看到紫红色的楼梯，只这么一瞥，便愈加神秘，那些生活或工作在里面的人，似乎也成了一部小说的后续篇章。有的黄房子只有一层，屋顶均呈人字坡形，深绿色的门楣，门楣上或木雕或铁饰，近些年被重新油漆过的，看起来颇有精神。一些尘满面鬓飞霜的，虽然不清不爽的样子，看起来依然坚不可摧，但还是令人惋惜，如果早早保护起来，做些修葺，是可以有大用途的。作为南岗区博物馆的这栋别墅，应该是重新焕发了生机的，这也是整条街上保护最好的建筑。走到门口，举起手机拍照，里面出来保安模样的中年男子，客气地邀请进里面看看，里面也很值得拍照。因时间关系，谢绝了好意，说下次再来。他又指导我到马路对面，这样可以拍到整栋楼的全景。这是位普通的工作人员，他对老建筑的意识，或者也可以隐隐感受到他的自豪感，让我心生敬意。

接近海城街口，看到一栋较新的灰白色多层建筑，颇有些规模，是某著名大学的办公楼。不知道它的前身是怎样的一处所在。旧的东西总会旧去，有价值的旧物若能留下来，还历史以真实感、立体感、时代感，那将是多大的功德。

不只是联发街，还有海城街，北京街，公司街，花园街，还有我未及去寻访的铁路局那一侧，在晚秋时节，在阳光透过阴霾的清晨，散发着独特的气息。有车倏然驶过，车尾旋起片片黄叶，叶子无法追寻车轮的速度，就像逝去的百年时光，安静地落了下来。

# 我来替您看看北大荒

时值初秋，南方还暑热未退，东北已是清风阵阵，我启程赴八五三农场。大巴车经过八个小时的行驶，在黄昏时候抵达雁窝岛宾馆。

放下背包，就与几位摄影老师一道，直奔宾馆对面的公园，随手拍下几张，发在朋友圈里。随后看到了湖南一位老首长的留言："我们 1970 年 5 月从珍宝岛撤下来后，就驻扎在八五三农场，至 1973 年 4 月换防到一面坡。八五三留下了我们的青春岁月。"

最后一句话，只要上了点年岁的人都能体会其中的深意，而比照平常生活的青春岁月，在那个坐标点上的经历就有了非同寻常的意义。

首长简单回忆了当年的情况。他们从珍宝岛步行了两天多到达八五三农场，成为兵团21团，没有营房，就在客运站大厅搭了二十多米长的通铺，两端对铺，中间架起了几个炉子，一住就是一年半。后来部队离开客运站到了距离八五三农场11公里的地方，军用地图上叫红胡子沟，后改名红旗沟，部队安营扎寨，住的也不过是地窨子。1998年的时候，首长和他的战友们途经八五三还故地重游，据说许多老兵团的职工还知道他们，甚至有人认出他来。

从这些点滴的叙述中，感受到了一个老兵对那段经历的追忆，对农场难以割舍的情怀。

在次日的参观访问中，我仿佛多带了一双眼睛，想替老首长看看今天垦区的新面貌。

雁窝岛湿地一直像个传说，如今它依然天堂一样地草木丰茂，众鸟翔集，只是多了长长的水上栈道，水草间游船往来。登高远望，高天上流云有意，大地上流水深情，一派生机，气势磅礴。拍下小视频，特意配了背景音乐《北大荒人的歌》。书法家、画家登上观光台，挥毫泼墨，把笔端凝聚的天地之豪气、草木之灵气尽情释放，一时间，雁窝岛如诗如画，如歌如梦。进入湿地，像投入一种情感，难以自拔。若不是大家纷纷上船，真不知要流连到何时。

来北大荒一定要看农业的。机械化展厅的大型农机产品让人瞠目结舌，播种机、收割机，还有我叫不出名字的设备以及型号，颠覆了我印象中农业的概念，从播种到收获已经完全实现了自动化，据介绍一台收割机相当于一千人的工作效率。我站在这庞然大物边上与其合影，个头儿竟还不及它的轮胎高。

大豆高粱小麦玉米是北大荒的传统作物，听说从前是不种稻子的，而我们这次参观的恰恰是稻田，一片金黄，一望无际，近距离地接触土地和粮食，见证粮食的成长，这久违的亲切感油然而生。城市餐厅里的铺张，孩子对粮食的轻视，就是因为我们离土地越来越远。规划开发雁窝岛人员在旅游推介会上介绍，下一步的设计里，游客将走进稻田，亲近粮食。真是诗意的回归，令人向往。

因为下雨，匆匆离开，但是风中荡漾的稻浪，已经成为我心中北大荒的底色。

朋友圈有若干人打听雁窝岛白酒。一位姐姐知道我去了八五三，问她先生，八五三在哪儿，那先生不假思索地说，那儿的白酒好喝。到了国际酒庄，酒库真是壮观，近人高的酒坛红布封口，层层排列，有新酒，有陈酒，有专家品鉴酒。众人聚在门口，争相品酒，咂咂嘴之后，不忘了说“好酒好酒”。成立于1958年的酒厂，近六十年口碑依旧，证明了这方水土，还是六十年前的水土。这地方的人心，还是纯善依旧。

一行人观看了大型原创音舞诗画《雁乡铭志赋》，参观了少年宫的小红花艺术团的表演、北大荒版画展，感叹它既有自然资源又有人文资源，敬仰它的历史，祝福它的未来。在将军山下，我们遇到了四位老姐妹，都是当年的支边青年。来八五三的时候十八九岁，如今最小的76岁，最大的78岁。其中有两位已经离开农场回了山东和贵州，这次特意回来看望故人故地，她们的脸庞虽然沧桑，但是洋溢着健康、喜悦、幸福，与年轻时的伙伴在一起，笑容羞涩，仿佛还是那么年轻。喊我们的摄影老师帮忙拍照，生怕拍不好，还指导怎么拍。她们说，把照片发给那些没回来的姐妹看看，看看我们的农场和我们的相聚。

忽然意识到，翘首北望的不只是老首长，数以千万的目光正在祖国的四面八方关注着北大荒的发展建设。用我的目光告诉远方的您，我看见今天的北大荒，青山在，人未老，请放心吧。

# 理想的下午和黄昏

在大连待了几日，走到哪里都汹涌着人潮，随处可见缤纷的游乐设施。害怕了拥挤和嘈杂，试图寻觅一处安静所在。

渔人码头，在大连旅游攻略里很少被提及的地方，我找到它的时候，惊喜之情就像天上特意掉给我的一个馅饼。馅饼虽小，有原始的野性，有现代的精致，有本土的亲切，有异域的格调，味道十足，仿佛从想象中来，是理想的样子。

站在围栏边上，看不远的山，文静的海，大小船只，修船的工人，归港的渔民，那些欧式建筑颇似有派头的绅士，把画面充实得丰满又风情。午后的光线阴晴不定，一会儿是一幅素淡的白描，一会儿又切换到浓墨重彩的油画，好大的一个屏幕！

据说这是大连市区最后的渔港，旅游开发时间不长。凭栏远眺，暮光洒满天空，见此良辰，今夕何夕！善感的人会更善感，多愁的人会更多愁。寄情山水间，确是个抒情的好地方。我没有去过美国原版的渔人码头，但是这个名头用在此地十分贴切。

与海岸仅仅隔了一条小马路，是几家别致的咖啡店、酒吧、书屋、红酒庄，院子里有鲜嫩的花草在盛开，有碧绿的葡萄在长大，蓝白相间的遮阳棚清新而洋气，倒酒的服务生恬静端庄。不需要走进去，打门前经过都是种享受。有一家酒吧真有情趣，把喝过的红酒瓶子收集在一只木船上，木船就摆在房前，一支宝石蓝色的在众多空瓶子中格外醒目，太过美艳，魂都没了还如此招摇，叫我想到《聊斋志异》里那些美女。

因为这支空酒瓶，我走进了这家店。我不知道是否还会有别的顾客因为这样的缘故而选择在此落座。我也不知道我的人生还会因为什么缘故而做出什么相关选择。其实生命里的很多时刻，就是这么偶然。点了啤酒，醉翁之意当然不在酒。端着酒杯横穿马路，把酒杯搁在栏杆上，对着夕照，捕捉它最美的瞬间。有女孩儿走上来商量，能不能也让她拍一张。

拍一阵子，坐下来看缓缓走过的路人。也有人对着遮阳棚下的我拍，假装没看见，能够装饰别人的风景，何尝不是幸福呢？大约店主看出我的年龄，音响里开始播放蔡琴的歌。我十分想跟老板说，看你那一船酒瓶子，你的店可以改一个更加别开生面的名字，酒干倘卖无。

这是一个理想的下午和黄昏，看风景，拍照片，漫步，喝酒，想一些聊斋志异、酒干倘卖无之类不着边际的事，在清清淡淡的闲散旅人之间来去，心灵是舒展着的。我知道，离开以后，我又会紧张地投入沸腾的生活。有张有弛，云卷云舒，你我的生活大抵如此吧。

不管这个地方是不是只有我知道,其实我真舍不得告诉你，我怕下次再去的时候连个落脚的地儿都没有。不过好东西还是要分享，你若赶巧去大连，赶巧看过这篇文章，赶巧与我一样喜欢这里的调调，这便也是你理想的下午与黄昏。

再告诉你个秘密，这里是不收门票的。

# 松花江边看日落

哈尔滨老人都喜欢有事儿没事到松花江边溜达溜达。他们把江畔叫江沿儿，“沿”读第四声，用儿化音说起来特亲切，像自家的什么宝贝似的，言语间流露着自豪感。

本地人来溜达是传统沿袭下来的，比如夏天的傍晚来纳凉，比如节假日一大家子人背着吃吃喝喝从这里过江去太阳岛，比如农历五月初四的傍晚开始整夜地狂欢，就像一个大客厅。其实这条江以及江沿儿在他们眼里实在是平淡无奇的，习惯而已。而旅游者来此，大多也就是个概念化的印象，哦，我已经到了哈尔滨了，我现在松花江畔啊。仅此而已。

被大家忽视了的，是松花江的落日。

我是从摆弄相机的时候开始注意落日的。城市里需要在视野开阔处才可以看见太阳是怎样下山的，一般也不过是晚霞路过楼宇空隙的时候，偷偷地瞄几眼我家的阳台，馋嘴似的舔舐着餐桌上还冒着热气的菜蔬，留下一个光彩照人的画面，然后悠悠地向西去。

而当我站在松花江畔的时候，夕阳和她的光辉毫无遮拦地洒满天空，又铺满了江面，叫人觉得看一眼是福气，看两眼就醉了，看第三眼甚至有些奢侈了。当然那是看不够的！相机按下快门，一次，又一次，想摄下她每一秒钟的变化，怕错过她最绚烂的瞬间。

已经记不清去看过多少回落日了。有点像昙花一现，每天就那么一个时间段盛开，有种雍容大气的格局，然后悄悄谢幕。所以，松花江有三百多个花骨朵，有时候会因为阴天下雨，那朵花就被扼杀在萌芽状态了。只要选择非阴雨下雪天气，就绝不会失望。有一天从家出来的时候，天空晴朗，没有一片云，谁知道刚到江沿儿，一簇簇的云就排满了天空，忽然间冒出来的，像我们看电视，男主角为了给女主角一个惊喜，推开门的瞬间，鲜花，掌声，蜡烛，蛋糕，好朋友们的笑脸，祝你生日快乐的音乐，都被设计好了等在那里。那天我看到排满了天空的彩色云朵，就有类似的激动。

心里一直是抱不平的，这么好的风景在那里，并没有多少人欣赏。当地人司空见惯，外地人只有恰好赶在那一时刻，才知道哈尔滨还可以看到这样浑然天成的景观。许多游客不远千里万里跑到国外去看日落，前几天我看到柬埔寨的旅游广告就打出了巴肯山看日落的宣传，旅游论坛上还有人问，去欧洲哪个城市看日落最好？国内也有打日落旅游牌的，杭州的“雷峰夕照”，但你要去等，我三去杭州，也许是运气不够好，几乎没看见过杭州的太阳。偶有晴天，我又恰好不在西湖。而北方则不同，晴朗少雨，春夏秋三季空气透亮，但这几年的冬天就不敢说了，霾还是令太阳惧怕的。也许以后会好的。

其实不只在松花江边看日落，我听作家罗西说到他的一个外国朋友，在黑龙江的荒原上看到一轮红彤彤的落日的那一刻，整个人跪下去了，无法用语言表达震撼的情绪，只能借助肢体，来膜拜这神奇的自然。

# 住在镜泊小镇

四五年前的夏天，我在镜泊湖住了数日。看时光从东方漫上来，从西边沉下去，在这时光里，读书，写作，散步，摄影。像一滴湖水，悄悄静静地流动，仿佛成了镜泊的一分子。从此念念不忘。

王家卫的片子里说，念念不忘，必有回响。因着全国青少年户外体育冬令营的契机，我们一行人有机会来感受镜泊湖世界地质公园的冬日风光。

大巴车经过五个多小时的奔波，到达镜泊小镇时，落日的光芒正在茫茫雪野上铺洒开来。

车门轻启，仿佛翻开一本立体的童话书，蓝的天，白的雪，红色小木楼，满眼都是鲜亮，一切都是崭新。新的房子，没有岁月痕迹，没有历史感和沧桑感，只是在我们的眼睛里投下温暖平和。小小的细细的白桦，不知深浅地泛出光泽，叫人目光恬静，内心柔软。平滑的石板路，曲曲弯弯，它们的存在，就像一种等待，等谁从远方风尘仆仆地来，卸下满身心的疲惫，再把这里干净清冽的气息装满肺腑，留待日后闲适地呼吸。

我们居住的这片区域称之为芬兰印象上京传奇。既国际，又古朴，还童话。既洋气，又穿越，还梦境。穿行在造型不一的木楼间，忽然发现，烘托出小镇风情的，还是雪，我们司空见惯的雪。若是将一栋栋木楼置于光秃秃的土地上，无异于把精美的地中海沙拉装在一只粗糙的二大碗里，审美和浪漫就都有欠缺了。大概是许久不下雪了。从前路面的雪们被清理至白栅栏边上，风化残败，已经不够洁白，却还晶莹闪亮。而门前的空地上，绿化带里，再远处的原野里，那些人迹罕至的地方，白雪的生命力张扬有度。

隐隐地生出遗憾，这样的地方，竟鲜有人来，雪地上应该有大大小小的孩了，堆雪人，打雪仗，空气中应该传来游人的笑闹，远远近近该有些层次分明的交织的声音。我倒是喜欢如此宁静，然而好的东西，若是不被分享，喜悦仅局限于小范围，就显得狭隘而无趣。就像一部经典的电影，一个人看有什么意思。我深知其中缘故，早些年镜泊湖的旅游在冬季是不开放的，鲜为人知就不奇怪了。

时节上虽已立春，但东北大地依旧寒气逼人。那天的温度是零下26℃。换上泳衣，去室外泡温泉。水温显示41℃。犹豫了又犹豫，勇敢地脱掉披在身上的睡衣，一脚踩下去，瞬间寒意消失，被滑润的温热包裹起来，大家喊着叫着，不冷不冷，一点也不冷。服务员端来茶水，月亮爬上了树梢，积雪在身边陪伴，如果你说这叫曼妙，还有人嫌不够，说是缺了红酒，缺了玫瑰花瓣。呵呵，都还来得及呀，我们都是有未来的人。

头顶上的星星贼亮。灯火也开始装饰起来。夜的镜泊小镇本身就如梦境。踩着木楼梯，悠悠然地去寻找梦里的梦。在这样的房子里，适合在灯下写一封手写的信，寄给最想说话的人，告诉他镜泊小镇的白天和黑夜。

罗大佑的歌里有鹿港小镇，鲁迅的书里有安放着儿时记忆的鲁镇，五台山下有虔诚的台怀镇。此时我住在镜泊小镇，实际上镜泊小镇已经住进了我心里，住进来的是冬日的静谧好时光。

# 雪藏的风景

拍完日出，大巴车载着一行冻得彻骨的摄影人回镜泊小镇。一切来得太突然，车行桥上的时候，无论是一直看风景发呆的，还是下意识瞅了一眼的，总之那一刻，小伙伴们都惊呆了。开始是有人小声嘀咕了一句，这里拍一拍多好呀。顷刻间众人抑制不住亢奋，大声疾呼“停车停车呀”。

不深的峡谷，有清晨橘黄色温和的光芒笼罩着，岸边大片的雾凇，披挂上阳光后显得喜悦而有精神。那些石头上顶着雪，像顽皮的小孩儿们互相比赛，比一比谁的雪停留的时间长。水流积雪在，应该属于春天的景致，而在东北的严冬里看到实为罕见。还有冰川，小时候读过“遥看瀑布挂前川”，而今可以说成“遥看冰川挂瀑间”。

我无法想象，这一脉风景，就这么年年岁岁，守着自己的靓妆，在大半年的时间里，孤芳自赏。

开始我以为是我孤陋寡闻。我只知道冬天来了的时候，摄影人会纷纷前往吉林拍雾凇，远一点儿的还有人去伊春的大平台。从没有人提起镜泊湖。与摄影人同行，见多识广的他们竟也与我一样，被吊水楼的悬崖冰川玉树琼枝惊住了。

我倒是知道每逢冬季来临，全国各地的游客涌向牡丹江的雪乡，以至于小小雪乡不堪重负。真的没有人告诉我们，牡丹江的冬天还有个绝佳的去处——镜泊湖。

黑龙江很多部门在镜泊湖景区设有疗养院，秋天一过就撤回家猫冬了，连服务员都遣散，可谓“千山鸟飞绝，万径人踪灭”。

镜泊湖自然资源得天独厚。旅游开发多年，接待能力雄厚，硬件设施完善。然而一入冬就打烊，实在令人匪夷所思。大门关上了，里面的美景自然无人领略。

我感叹浪费资源，像一个喋喋不休的老妇。从前也看过狄焕然在冰瀑前跳水的照片，并不当回事，大家都没有概念的地方，谁敢贸然前往？

到底还是有人做了决策，冬天的镜泊湖对外开放。虽然晚了一点，毕竟于这么多热爱它的人，还来得及遇见。

镜泊湖的冬天是这样大气而别致！它有多久的历史？你可以推算，远古的史前洪荒时期，宁安县地壳运动频繁，火山连续爆发多次，才有了中国最大的高山堰塞湖。风景就是那时候开始形成的。历史，总有四五千年以上了吧。这道被多年雪藏的风景，相遇各种目光各种镜头各种艺术修养，终于有希望可见天日。

伙伴们在白山黑水间流连，镜头不断地对焦，女孩子们的笑容找到绽放的空间。

原来天地间还有那么多美好不为我们所知。原来美好来得毫无防备的时候，本身就是一道风景。

如果可以再去镜泊湖，我想穿一件红衣裳。当大自然向人类敞开了怀抱，我们能做的，是点缀。而不要成为累赘。

# 丁香的样子

远方的朋友问，丁香是什么样子。我想我是说不清楚的。一直盼着花儿早点开放。花开了，春天就来了，丁香的气息就会氤氲在我的文字里。即便千里之遥嗅不到花香，也希望文字能传递给心灵片刻的宁静与芬芳。不擅长拍摄花卉，拍不出想要的味道，又不甘心平淡记录。可是我记得朋友问，丁香是什么样子？我就试试吧。我想象她看到这些小花的一瞬间，眉眼的变化，在眸光闪亮嘴角轻微上扬的时候，我应和的，也许是这女子大半生的遥望。

今年的丁香花，早开了半个月。虽然在节气上已是立夏，我却更愿意把它作为春来的象征。每天清晨或傍晚，沐着晨光，借着夕阳，去看望春风里摇曳的花儿。作为哈尔滨的市花，它遍及城市的大街小巷，不必去刻意寻找，倒像它正等待看花儿的人。那些花儿远看就像紫的粉的半粉半紫的云霞，密密匝匝，层层叠叠。近看花团锦簇，喜气洋洋，同时袭来扑鼻的香。它们并非一眼看上去就叫人惊艳，像第三眼美女，走近了再走近，越看越舒服，眉清目秀，鼻子是鼻子，眼睛是眼睛的，像长者评价姑娘的相貌——耐端详。那些花瓣，一律商量好了似的，开成四瓣。五六七八瓣的也是有的，不常见。都说找到五瓣丁香会带来好运，看花就看花呗，不知道谁编派出这么令人神往的传说，让花前走过的人都怀揣了一份希冀。走着看着，一朵五瓣丁香真的扑入视野。有风，手机很难对焦，拍了几张，总是虚。便去看别的，打算过会儿再来拍。可是回头再找，五瓣的小花已经像一滴水融入了浩瀚的海。消失也就消失了，谁会真的以为丢了好运气？满腹的喜悦还不知道安放在哪儿呢。

在文人墨客的笔下，丁香却承载了另一种心境。李商隐的《代赠》里写“芭蕉不展丁香结，同向春风各自愁”，纵观诗人苦闷的情感经历，即便以代替别人写赠诗为题，那也只是个题目罢了。南唐李璟大约是受了李商隐丁香句的影响，写过这么两句“青鸟不传云外信，丁香空结雨中愁”，又“结”，又“雨”，又“愁”，这气氛仿佛凝固了的情绪，遣也遣不散，化也化不开。其中的“丁香结”，指的是含苞不放的花蕾，喻为心结难解。这首伤春诗从时代背景看，诗人实际上伤的应该是“国”。

同样把丁香放在雨中来说事儿、同样难解心结的，也更为当代人所熟知的，是戴望舒的诗——

撑着油纸伞，独自
彷徨在悠长、悠长
又寂寥的雨巷
我希望飘过
一个丁香一样的
结着愁怨的姑娘

这首被文艺青年传诵的《雨巷》，依然是“愁”“结”“雨”的翻版，没有什么新意。可是在当时却属于“为新诗的音节开了新纪元”（叶圣陶语），诗中的丁香，几乎成了哀怨、惆怅的化身。戴望舒一生钟情一个女子而不可得，甚至这份痴情影响到他后来的两段婚姻。对于这么一位多愁善感的诗人而言，即便不拿丁香做比，玫瑰啊，海棠啊，牡丹啊，百合啊……在他眼里也应该是哀怨的了。物无悲喜，人有忧欢。可是正因为他写下了这样一首诗，丁香的形象在众人眼里就不那么喜悦了。可见文学的影响力。

其实，丁香只是丁香的样子，是赏花人的喜好、性情、经历等赋予了花儿某种象征意义。难得的春光里，我们不写诗，做个庸常之辈，看花就好。

第四辑

# 远方

我们认识世界的途径有许多，通过父母、老师，也许还有导游，还可以是读书、行走，这些途径也是文化传承的方式。涌向中华路13号门口的人们，每个人的轨迹，都含有无限深意。

# 为什么去远方

远方，不仅仅是距离产生的美，还有许多未知，不走近，永远都是谜。走向远方，其实就是一个解谜的过程。

母亲在我11岁的时候,带我们姐弟去看渤海。那是1984年，我们这边疆省份的集市上还没有桃子，海滨小城的火车站前，桃子仿佛从王母娘娘的蟠桃园里走出来，北大荒的小姐弟几乎同时感慨，世界上真有仙桃啊！母亲买来，塞到我们手里，两个没见过世面的小家伙张嘴就咬，来接站的舅舅赶忙制止，别急别急，洗过了才可以吃。

后来，也是被母亲一手牵一个，坐上火车摇晃着到了祖国的心脏。又去山西仰望太行。在陕西见识了兵马俑。到甘肃看黄河。

那以后就知道了，风景那边还有风景，远方那边还有远方。

心有多大，远方便有多远。

小墨要求去北京。预订了往返的车票，我心里其实是打怵的。那个地方的喧嚣，让我胆怯。小墨小时候也数次进京。她六岁时去故宫，七岁开始看《百家讲坛》，尤其喜欢看阎崇年的清史，对反映清宫的影视剧情有独钟。慢慢地小墨长大，探索意识更强了，深度看故宫一直是她的理想。为了这桩心愿，我们俩背上双肩包，开始了北京四日自由行。

自由行很是力不从心，尤其像我这把年纪的人。想当年，要去哪里，抬腿就走，不知道什么叫累啊。现在，心走了，腿脚却跟不上了。但是在小墨面前，我是主心骨，她喊累，我不能喊。四天，北京的天气演绎了完整版的阴晴冷暖，前一天晒得冒汗，后一天的大雨让人冷得发抖。

那天到了恭王府，有一女导游正在讲解，口才极佳。我叮嘱小墨，你就跟着这个团队。小墨听话地跟在导游身边，基本保持在半米距离。我则拖着厚重的脚底板尾随队伍后面。看小墨不错眼珠地盯着导游，心中暗喜，知道收获不小。后来听到导游跟旁边的人嘀咕了一句，咱们团的人怎么好像越来越多呢？

小墨对一切未知的东西都有追求，除了风景还有美食。我们出发前在网上查了一下北京的小吃，心存向往。有一句“要想吃炒肝，鼓楼一拐弯”，印象尤深。出了恭王府，沿着什刹海，行至后海，转出来就看见了鼓楼，拐弯处明晃晃地悬着“姚记炒肝”字样。心下狂喜，得来竟然如此不费功夫！我们俩以为应该是天下美味，看人家点的炒肝和卤煮火烧，俺们便也点了，实则大失所望。应该不是不好吃，不合口味吧。还有北京豆汁儿，那个味儿啊，难以形容。

尝过了，也就知道是咋回事儿了。即便难合口味，也不后悔。

一路走来，北京的许多地方，跟从前不一样了。大栅栏商业街重新装修过，新得不像大栅栏。天安门广场周围都围了栏杆，进入要安检。人民英雄纪念碑，当年可以用手触摸那些浮雕的，如今只能远远地瞻仰。故宫的那些大殿，从前可以大摇大摆地进入，现在一拨一拨的游人只能站在门外伸长了脖子往里瞅。前门楼子的门洞也限制通行了。

这时候的北京对于小墨的印象，跟二十多年前我的印象，已经完全不同。不知道若干年后，她带她的孩子再来的时候，又是一种什么样的情形，什么样的心境。不管怎样，她一定会记得，是妈妈的手牵着她走天下。

去远方，就是妈妈给她的一个更高远的世界。

# 西塘是许多人的故乡

没有风，没有太阳，天空泛着青灰色，像低调的古瓷。水乡的清晨湿润柔软，房舍古老得仿佛久睡不醒，环绕的水却让他的梦有了生气。摇橹的船夫，载满天南地北的口音，使这古老的梦境热闹非凡。

那些从远地来的旅人，其实已经路途劳顿，到了古镇却步履轻巧，衣袂飘飘，所有的表情均淡然、恬静，也有几分慵懒，仿佛西塘不是一个目的，而是一种归宿，就像故乡。

早起的老太太挂着灰布围裙，拎着拖布拾级而下，蹲在水边“噗嗤噗嗤”地洗涮，有过路的乡邻打着我们听不懂的招呼，从腔调和神态上分析，仿佛说的是，奶奶真勤劳，可别累着了。

奶奶似乎问你到哪里去啊，乡邻便应答去哪里哪里。陌生的发音，却让心灵如此熟悉，某生某世，或许我曾经在这里生活过？

拱桥上早已有作画的人，颜料的色彩真是纷呈，画师饱蘸一腔的精彩凝聚在笔端，白墙灰瓦，行人流水，深情得不得了。有人围观，问是否出售。画师不语，一心入画。其实并不知道画者何许人，也不见得懂技艺如何，只因绘画的题材，如此亲和。

过往的游客，也像我的旧相识。我站在狭窄的巷口，希望有人通过，给我的照片增添点生活的气息。拦住几个嘻嘻哈哈的年轻人，请他们帮个忙。起先还互相推脱，后来就很配合地慢悠悠地踱到巷子里去了，戴西部牛仔帽的帅哥还回过头来问，这样子行吗？

太阳在午后时分出来了，让柳枝分外透亮，河面有了光泽，屋瓦都亮堂起来。猫趴在高高的门槛上睡懒觉，白狗蜷成蛇的样子卧在桥头打盹，两个红衣服的少女坐在桥栏上，私语的影子在水面轻轻荡漾。那些临水的家庭旅馆都有个小小的阳台，有人坐着发呆，有人看手机，有人谈情说爱，他们花了很高的价格，其实装饰的是别人的风景。当地的老大妈们站在家门口的太阳里聊天，卷起围裙抄着袖子，无限家常，来来往往的游客并没有妨碍俗世的风情。馄饨铺子敞开的窗子边，能看见白净的女人灵巧地舞动双手，瞬间就诞生一个鲜肉小馄饨，面前的那碗肉馅，真是漂亮！漂亮，我是想了很久才觉得用这个词最合适，新鲜，干净，作为厨房里工作多年的主妇，看得出这肉馅是精心调制，能够叫人安心地吃。

黄昏临近的时候，我正漫步在酒吧一条街。白日这里并无特别之处，此时已有音律响起。大门敞开着，里面灯光炫目，人气还没上来，但歌手已迫不及待，乐音在靛青色的天空下回旋：

天边夕阳再次映上我的脸庞

再次映着我那不安的心

这是什么地方依然如此荒凉

那无尽的旅程如此的漫长

我是永远向着远方独行的浪子

你是茫茫人海中我的女人

你在我心里永远是故乡

……

这西塘，多像浪子心中的女人。这西塘，仿佛是许多人的故乡。

离开酒吧一条街，向我的住处走。越走人越稀少，越走越安适，让我想起童年的小村庄。灯笼渐次亮起，河水自顾深沉，老屋的窗子映出幽暗光芒。远处偶有人声传来，伴随石板路清脆的回响。寂静，是今晚的西塘。

## 山里面有没有住着神仙

绿江村的最高峰叫神仙顶，海拔 588 米，纯粹的野山。这让人想到童年时候唱的歌儿，没有人能够告诉我，山里面有没有住着神仙。

晚上在枫杨山庄吃饭的时候，村支书同时也是摄影人的崔大哥介绍了神仙顶的情况和拍云海的好去处。凌晨三点钟出发，一个半小时的路程。没有像样的路，如果说有山路，那也是热衷于户外运动和摄影人硬踩出来的。山高路险，有些地方需要手脚并用。许多人听得心里拔凉，开始打退堂鼓。崔大哥环视了一下饭桌前的女子们，手指着我们说，凭经验，你可以上去……你没有问题……你也可以……你嘛，嘿嘿，不好说了。

我在崔大哥目测可以上山的范围之内。实际上我的意识里不存在能不能上的问题，就像某些人生的必经之路，从没想过要绕着走。

15 个人中有 7 人决定第二天一早登山。

我和同伴在村子里买了头灯和手套。

凌晨两点十分，我们从热炕头爬起来。已经有两位同行的男士等在院子里，告诉我们由于昨晚喝茶的缘故没有休息好，山就不上了。

上山的只剩下五个人。

摄影师大哥带队，还有大嫂，再加上我们三个小女子。先到了枫杨山庄，与另一团队和向导会合，一行人悄无声息地出发了。

走了十多分钟的盘山公路，拐个弯儿，进入大山。

四下里寂寂茫茫，一片漆黑，看不到月亮也没有星星。只有身前身后摇晃在头顶的一圈光芒。顺着头灯看，雾气浓重，光柱里藏着细密湿润的小水珠。大家甩开膀子攀行，偶有相互之间的对话，在大山的空旷里也显得虚弱无比。

什么样的路呢？就像布满了抽干了流水的沟涧底下的石头，碎碎糟糟，大大小小，在雾的作用下湿滑难行，一路向上铺展。

摄影师大哥和大嫂走在队尾。后来我们才意识到他俩没有头灯。同伴便穿插在了他俩之间。我到了他们的身后。试图用我微乎其微的光发挥最大能效。

这时候，就在这幽寂的大山里，有人打开了随身的音乐，“狼说亲爱的 / 谢谢你为我疗伤 / 不管未来有多少的风雨 / 我都为你扛 / 羊说不要客气 / 谁让我爱上了你 / 在你身边有多么的危险 / 我都会陪着你 / 就这样它们快乐地流浪 / 就这样它们为爱歌唱……”音质被纯净的大自然过滤了一样，让整个队伍在那样一个时刻享受着无与伦比的天籁之音。

大哥大嫂背了沉重的摄影器材，跟不上年轻人的步伐。歇了一阵，不敢久停，又跟上去。再停下来的时候，大嫂终于没有信心了。跟我说，你先走吧别等我们了。我说没事儿歇一会儿再走。后来的情形是，音乐声我已经听不到了，前方的灯光看不到了。而他们真的体力不支了。然后，我就一个人去追那天籁里的音乐和灯光。

我们这一行，上山的就只剩下了三个人。

山路越走越陡，需要攀上一块又一块的大石头才可以继续前行。终于看到前面的队尾。发觉自己的腿已经软得不行。同伴曾经是中长跑运动员，高大健壮朴实的妹子，抹着满脸的汗一再要求替我背三脚架，我便把重量卸给了她。

可是体力明显地透支。全靠反反复复播放的音乐带动向上的脚步：“狼爱上羊啊 / 爱得疯狂 / 谁让它们真爱了一场 / 狼

爱上羊啊并不荒唐 / 它们说有爱就有方向……”

突然，毫无防备地，就像小孩子上课走神儿了，“咣”的一下，同时我“哎哟”大叫一声。我的脸，实实在在撞在了斜立着的一棵大树上。剧痛袭来。

前面的两个同伴停下来。也有别的登山者停下来。他们的头灯照向我。不同的人报告着看到的不同症状。眼睑有一个口子，在流血。我摘下头灯，又告诉我，鼻梁上有划痕。心慌。第一想到完了这个团队可能要因为我受到影响。第二想到破了相怎么上班？第三我用力动了动我的鼻梁,阿弥陀佛没有骨折。我观察周围每个人的反应来确定问题是否严重。同伴冲着山谷喊谁有创可贴，没有回应。同伴说只能用纸巾擦擦血了。看到血的瞬间心里还是“咯噔”一下。有人说没有继续流血应该没事儿。有个路过的帅哥打趣，你是最美登山者。

你说怪不怪？这么一折腾，竟然不觉得累了。

后来的事情是只能向上没有退路。又后来向导迷路了，我们等另一个向导过来接应。再后来，雾气太浓没有拍到传说中的云海。

天亮了，看到爬上来时的路段赤裸裸地悬在那里，不免惊悚。深山在迷雾里呈现出亘古的幽寂，足够一辈子去回忆。三个女子站在神仙顶，连同我这张破碎的脸，拍下难忘的相片。

感谢同伴一路上的照顾，把我的三脚架背上去又背下来甚至都没有机会使用一次。

感谢头上这支灯，可以想象没有它在我和大树之间形成缓冲，我将会血肉模糊面目全非。

感谢迷雾森林，让眼界更新让心境升级，关于生命的思考重新启动。

至于“神仙顶”这仨字，我已心领神会，山登绝顶我为仙。

# 谨以此片献给 2012 年的夏天

在济州的日子，并不像赶路那样的游览。约好的车子每天上午十点钟到达酒店，往往上了车才会决定去哪里。

去哪里都是风景。

早晨给了我充裕的时间。我会在五点多钟撩开窗帘看有没有日出的可能。若阴霾满天，我会继续睡眠。天空透出光亮的话，就要出门了。

整个酒店都还沉睡着。进电梯，按下数字“1”。眼睛盯在电梯门上。想象着一场电影即将拉开大幕。恍惚间眼前跳出一行字：谨以此片献给 2012 年的夏天。

一楼是自助餐厅，还不到营业时间。三三两两的工作人员轻悄悄地来去。隔着半人高的围栏看过去，那个区域在海的背景下，真真地就像电影已经开场。我驻足很久。想象场景正中间打出红色黑体字，清风徐作品。三秒钟以后融化掉。然后长镜头往远处拉，海在落地窗外静默，镜头跟着一个剪影的女子在若干张空桌子旁边走过。这时候亮白处打出字幕，制片人，张伟平。字幕再化掉。镜头往回拉，戴着高高厨师帽的男子认真忙碌，打出字幕：导演，张艺谋……

被这样的幻觉逗乐了。心情大好。

出了旋转门，清清爽爽的音乐仿佛空气，飘散在天空大海街道还有我未来的日子。音乐像一种黏合剂，让这一切相互应和，浑然天成，似乎有意渲染电影的味道。那是一首安静的钢琴曲，安静得仿佛空气中的一分子。回来后在百度搜狗等各大音乐网站搜索，因为不知道名字，无异于大海捞针。它就像昨夜飘过的一阵风，散去，只能在爱它的人心里留下痕迹。也许将来某一天，会有机缘巧合，能够再次相遇。有些事情取决于信念，哪怕一支音乐一阵清风，需要执着，或可如意。

走进清晨的街巷。逆着的光影里，开的士的男子停车在路边，倚靠着驾驶室的车门，仰着脖子喝一杯水。他循声看见挂着相机的我，笑盈盈地打着招呼，阿宁哈赛哟。透亮的光芒连同男子的笑容，争先恐后地洒满小巷。看见小小便利店，闪进去，女店主鞠着躬见到亲人一样迎来又送去。韩式的笑脸干净得犹如早晨的光线，自然而清明。

街面干净到无可挑剔，怀疑是因为我的到来而特意打扫。许多人家的屋子紧邻街道。门敞开着，垂着并不厚重的帘子，微风轻起，便能看得见里面的鞋子，以及榻榻米的一角。早起的大妈坐在门口聊天，那时候若有个翻译最好，她们的闲聊是否也张家长李家短？

这是济州清晨的短片。台词甚少，即使有也听不懂。像默片的表现形式。有些“默”，包含万语千言。

我想用蒙太奇的方式把镜头转入济州的黄昏和夜晚。那是另一种状态的丰富。

光线最炫的时候，我在沙滩上拍下热情的歌者。夕阳在他们的脸上、发上、衣服上镀了一层金黄，歌声听起来竟有了太阳的光华。不用回顾照片，我也能回忆起一张张神采飞扬的面孔。联想到的，仿佛是一个民族的精气神儿。

好几个黄昏我都在路上。车子跑着跑着拐了一个弯儿，本来繁华的街景忽然就消逝了，铺展开无际的海洋，落日浑圆，所有的车辆都似乎衔着一枚咸蛋黄。暮色把大海衬得尤为阔气，更显深奥，像一个人富足的精神世界。有一天我们吃饭的地方紧邻机场跑道。我站在饭店门前的晚霞里，看飞机瞬间腾空而起，看它们呼啸着义无反顾，心里盛满感动，为即将离开的，为将要抵达的，为正在经历的。生活概括起来，无非就是离开和抵达。离开今天，抵达明天。离开夏天，抵达秋天。离开这个人，抵达那个人。离开这里，抵达那里。离开这个世界，抵达那个世界。

后来我们喝酒。薄薄的透亮的酒盅里盛满清酒。抿一小口，很不习惯。然后换啤酒。韩国的啤酒似乎比国内的清淡很多。浅尝辄止，感受即可。

夜里，孩子们已睡去。我拉开阳台玻璃门，想去听听大海。女儿醒了，妈，你怎么不睡觉？我说我看看夜里的海。她翻个身，嘟囔一句，文艺女青年。

夜海，像一个失眠的人，用整个身心，等待天亮。

这是 2012 年的夏天。

全剧终。

## 漂洋过海，带回歌声与微笑

说要去济州岛，并没有特别的激动。只是女儿向往得要命，似乎到了韩国就进入韩剧里去了。

飞机在夜色里下降，看得见大海。这才找到一点旅行的意思。

酒店距机场不过几分钟的车程，RAMADA，翻译成中文叫美华达。酒店的设计大气又别致，仿佛一艘远洋的巨轮，站在楼道辉煌的灯光里让人眩晕又迷茫。向前看，纵深到看不着边。向后看，是没有边的纵深。地接的韩籍华人导游有点愣头青，带着一行人浩浩荡荡上了五楼，穿过长长的走廊，拿到房卡，才知道房间在三楼，又回头走那长长的走廊，总算落脚。

带着两个小女生入住一间客房。她们似乎还没有适应已在异国他乡。我撩开窗帘，看到马路，路灯，斑马线，而马路对面大片的黑暗里有白亮的线条在涌动。推开纱门，再拉开玻璃门，便有潮音席卷过来。那茫茫的黑暗，竟然是大海。一阵惊呼，孩子们跑过来，大海，大海就在对面！

我们带队的团长，真是懂得生活情趣的人。他没有告诉我们预订的是什么样的房间。另一个美女，第二天早晨起床的时候，惊喜地发现，原来窗外有大海。

终于改变了我对此次旅行不温不火的态度。

在海的背景下，我们度过了五天的海岛生活。自然风光自不必说，收获最大的是我对这个国家的了解，那些小小的细节，让我们看到了韩国人的严谨、谦恭、真诚、热情，更重要的，是韩国人的社会责任感。

从塑料袋说起。我的房间共有三个垃圾桶，没有一个垃圾桶上套塑料袋，包括洗手间的。在 E-mart 超市，收银台给你的都是纸袋子，我们示意纸袋子提重物不方便，要塑料袋，收银员摆手。僵持不下，惊动了超市里懂中文的管理人员。他告诉我们，塑料袋在我们韩国是垃圾，不能给你们用垃圾。虽然满怀敬意，还是要来两个塑料袋，但是心里有了一丝愧疚感。出门的时候，在服务台处看到了另一番场景。许多大大小小的纸箱被拆开，折叠着摆放，顾客自行选择适合的箱子，用超市免费提供的胶带、礼品绳、剪刀，把购来的物品封装好后即可带走。确实令人感慨，我们国内这种规模的超市也不少，那些载货来的纸箱都哪里去了？这么简单的环保方法，怎么不介绍进来？

说到环保，济州岛的洁净被许多人津津乐道。我看见清晨的阳光里，橘黄色着装的清洁工骑着自行车沿海滨驶来，遇到有垃圾的地方停下，扫掉。有时候边边角角并没有被注意到，过往的市民会指着地上的两个空酒瓶大声地招呼。在济州，环保已经成为人人参与的社会行为。

不知道韩国其他城市的人行道是什么样子。济州的人行道都采用塑胶铺成，踩上去，柔软到心里。我每天早早起床，沿着海滨散步，拍照。这样的路，与其说关照的是脚，不如说在乎的是心。

它的以人为本随处可以感受。新罗免税店的化妆品区，镜子下方不起眼的地方露出纸抽的一角。试过妆后，随手一抽，即可擦掉。看似轻描淡写的一笔，实在给我们留下浓墨重彩的效果。

印象尤为深刻的还有超市里卖畅销书的架子下边，摆了长长一排小椅子。翻书看的小朋友,走累了的老奶奶,随意而安闲。

在餐馆用过餐，我们要求把剩下的食品打包。又一次感叹了。服务员拿出锡纸，小心地折叠，然后把食品装进去，封好，递过来。每一家，都如此。

我跟女儿交流这些感受的时候，我说我这破记性，你要记着呀。她也唯恐忘掉，我们就感慨一回，记录一条。

便签上记录的第八条是济州岛的秩序。韩国街道上的车子行驶得飞快，不必担心随意过马路的行人。市民严格遵守红绿灯斑马线的交通规则。济州岛总面积 1800 多平方公里，才五十多万人口。有时候，马路上清清亮亮的，路口根本看不到车子经过，但是寥寥无几的行人还是安分守己地等绿灯亮起。离韩的前一晚，已经十点钟，我出门去超市。过一条窄窄的马路。越窄的马路红灯的时间越长。对面是一个韩版的帅哥，边等红灯边看手机。我在这头，他在那头。大海的潮音在不远处轰响。举头望见农历六月十七皎洁的月亮。

我对韩国文化知之甚少，有限的那么一点只是来自韩餐。不看韩剧，不听韩乐。倒是记得多年以前歌手孙悦摇身一变，人漂亮了，音乐风格也热情似火了。据说是受韩国文化影响的缘故。

孩子们去水族馆的时候，我坐在车上休息。司机播放的音乐怎么那么好听啊！苍劲的男声，不要弄明白什么歌词，只是旋律和音色足可以打动人心。遗憾语言不通，无法知道是什么人唱的什么歌曲。

后来在三阳黑沙海边，遇到济州一支乐队的沙滩演唱会。

那天的阳光炽热，沙滩尽是休闲的游客，台上乐手陶醉，歌者纵情，台下观众随着音乐的节拍且歌且舞。阳光在人们的脸上跳跃，仿佛也在欢乐起舞。

这是难忘的济州的微笑。无论在机场还是酒店，无论在超市还是餐馆，也无论在居民区还是小小便利店，他们的笑容没有任何目的，只是因为，我们遇见。

晨练的男子看到你的镜头对准他，说着“阿宁哈赛呦”（你好）会心一笑跑过去。超市入口处随时有迎宾向你问候“阿宁哈赛呦”。旅游公司多数司机都是上了年纪的男子，他们会在上车的时候问候你“阿宁哈赛呦”，下车帮你微笑着抱小孩，无论有无小费，笑容不会有变化。

有一天兄弟姐妹们去逛商场，闲着也是闲着，打电话到总台询问附近有什么景点。我这边“Chinese”，那边就找来懂中文的服务人员，介绍景点距离有多远，乘出租车起价是多少，如何计费，详细得不能再详细。后来我们直接到了酒店大堂，接待人员拿出中国版的济州岛地图，画上酒店所在位置，又画上哪几个景点可以选择，又分别介绍有什么特点，在酒店名片后面用韩文写上我们要去的地方，帮我们叫来出租车……路上出租车师傅跟我咕噜了半天我也听不懂他说什么，然后他打电话让我接，酒店那边问，是否需要车子在那里等。电话还给师傅的时候，虽然他握着方向盘，还是明显感觉到鞠着躬接过手机。

关于韩国印象，不是这些文字可以表达充分的。当异邦的陌生人对我说“阿宁哈赛呦”的时候，我也很想回敬一句，我只学会了还以微笑。

漂洋过海，带着歌声带着微笑我回来了。

# 寻找中华路 13 号

用收录机的年代，我曾买过一盒卡带——舒婷的诗，朗诵者是林如，听广播长大的我们所熟知的声音。后来的迁徙中带子丢失。那天我坐在鼓浪屿的冬夜里，从手机百度出《神女峰》《寄杭城》《珠贝——大海的眼泪》，一行一行，如同鼓浪屿夜色中长长短短的小路，在沉默的空间里起承转合，抑扬顿挫。

舒婷至今生活在鼓浪屿，中华路 13 号是她婚后的家，曾经被标注在旅游地图上，后经诗人抗议，从地图上消失，但舒婷的文中说，她依然经常听到导游走过她家门前不失时机地解说一番。

坐在黑暗里读诗的时候，看见我住的这所漂亮房子的墙纸上斑驳着一片片发霉的痕迹，老迈的空调轰隆隆地假装工作，并不能释放出多少热量。我记得诗人在《真水无香》里写过她住的房子，屋顶长期漏雨，有重物脱落砸伤了头，缝了好几针。这鼓浪屿的房子都大同小异吧，外表看起来多么坚不可摧，内心却脆弱得经不起风吹草动。

第二天午后我和女儿从钢琴博物馆出来，我跟她聊舒婷。我说舒婷的家在鼓浪屿。她并不以为意，问舒婷是谁。我给她念了两句《祖国啊我亲爱的祖国》。啊！她做出恍然大悟状，才想起高中课本学过的。我这个女儿在我身边成长多年，我的热爱很难对她产生影响，她身上像穿着铠甲，手里像拿了盾牌，时不时地还露出防辐射的目光。

我们闲散地穿过高高低低的小巷，到马约翰体育场流连了一阵，目光触到路牌——中华路！那么舒婷的家就在附近了。一老者坐于体育场的围栏外，双手搭在一根拐杖上，默默看人来人往，判断他应该是本地人，就上前打听中华路13号怎么走。他伸手往左边一指，告诉我一直朝前走。

前面有新四海特产店，人来人往，一派热闹。又有一家很讲究的餐馆，菜单就摆在大门口，供顾客翻阅。褚家园咖啡真是别有洞天，站在小小铁门外观望了一会儿，花花草草蓬勃生长，白色帆布遮阳伞下，客人不多，懒懒散散。再向前就是外图书店，闹中取静，像如今很多城市重装上阵的书店一样，装修精美，赏心悦目。在书店停留半天，发现已经是中华路21号，再往回找。

又走回了体育场。那老人还在，没有再问。反正是闲逛，边找边看风景，过程更有意义。拐个弯开始上坡，窄窄的巷道，人迹稀少，很长一截路都没有标志。路很陡，仿佛爬山，两个人明显地气喘吁吁。终于看到路牌，漳州路。岛上两三米的小巷都可以堂而皇之地称之为××路，叫我这从大北方来的人还是感叹了一番。

兜兜转转的我们又回到褚家园，那里门牌显示15号，问附近卖茶水的大姐，怎么不见13号？大姐热情响亮地问，你是找舒婷的那个吧？我说我是找舒婷的那个。心里笑语言方式一瞬间就被同化了。她指给我褚家园侧边的一条路，原来13号是在中华路向里凹进去约20米的深处。

小铁门上醒目提示：私宅，谢绝参观。可见主人已不堪其扰。还不及深入瞭望，身后呼啦啦赶来一群小孩子，边走边开心地嚷嚷，终于找到啦！

好多孩子手里拿着舒婷的《真水无香》，甚至有孩子把书打开、手捧着从巷口奔了来，朝圣一样啊！逮住一个小男孩问从哪里来，答从龙岩来。你怎么知道舒婷的？老师给我们讲的。他说找了很久很久才找到这里，说着竟喜极而泣。

及时地按下快门，记录下这珍贵的瞬间。

我们认识世界的途径有许多，通过父母、老师，也许还有导游，还可以是读书、行走，这些途径也是文化传承的方式。涌向中华路13号门口的人们，每个人的轨迹，都含有无限深意。

人越来越多，天越来越暗，腿脚也越来越沉重，决定回住处，明早再来。再来这个门口，照张相。

到了第二天早上，天空阴着，飘着星星的雨。跟女儿商量行程，上午还在鼓浪屿逛逛，去中华路，也可以在褚家园坐坐，中午离开。她说下雨了还是直接走吧。我提议还是再逛逛吧。

我是个路盲，尤其在这蜘蛛网一样密集的地界，跟着她穿过一条条小巷，穿来穿去，就到了海边，前方已到回厦门本岛的码头。她回头看我，一脸坏笑。

有那么一点点的遗憾，只是想拍张满意的照片。但也算如愿以偿。诗被称为文学皇冠上的珍珠，而我们寻找的，是中国诗坛一个重要时期的代表诗人的坐标点，我以为意义非凡。

# 从维也纳到萨尔茨堡

车子进入维也纳的时候，我正从午后的睡眠中醒来。蓝天白云像是被后期处理过，空气通透得过滤了一样。马路中间各色有轨电车逶迤而行，纵横交错的电线仿佛给这座城市布满了不规则的五线谱。在车子缓缓的行进中，想起尼采的那句话，当我想用一个词来表达音乐，我只想到维也纳。

给女儿发了一条微信，到达维也纳。她回，以后你再看新年音乐会的时候就会说，这个地方我来过。

我们并没有去金色大厅。行程上未做安排，导游皱着眉头淡淡地说，没什么好看的，外面看就是一个普通的建筑，里面是进不去的。后来在德国海德堡打听哲学家小路，他也是如此轻描淡写。任何人之间，思想不在一个维度上，自然不会产生共鸣。总之是一次漫无目的的行走，享受所看到的就好。

去美泉宫。有一千四百多间房屋的宫殿，并不像中国故宫那样的布局。外观上看就是一栋普通的巴洛克风格建筑，当然比我们哈尔滨的每一栋巴洛克建筑面积都大许多。明黄的色调彰显了皇家的威仪，气派雍容。宫内屋屋相连，装饰极尽奢华，特别是屋顶、墙壁的造型及雕饰。怎么形容呢？有人在美的面前“窒息”，有人感觉“美到绝望”，我以为都达不到目光与之交汇的瞬间所带来的震撼力量，那繁复夸张的美简直不可思议。看过一些游历欧洲的图片、影视片、文艺随笔，除了亲眼所见，任何形式的记录都无法呈现它带给人的视觉惊艳。据说凡尔赛宫也不过如此。明白了为什么国内有人那么钟情于欧式的装潢设计，遗憾模仿出来的依然只是形式，内容上永远无法企及。

这座宫殿住过两个著名的女人，一个是美泉宫的建造者奥地利女皇玛丽娅·特蕾西娅，她执政哈布斯堡王朝40年，堪称历史上最有影响力的女王。婚后三十年共育有16个子女，基本是一边工作一边生育，大约不是一个“女强人”的概念所能解释得了的。她的女儿们被她以联姻的方式嫁出去，作为一种政治手段，把哈布斯堡王朝和欧洲其他王室连接起来。我走马观花地看，也在百度上查找女皇的资料，甚至在内心里和武则天进行比较，武则天是毁誉参半的，而玛丽娅·特蕾西娅的人生几乎无“毁”，唯一被后人所诟病的，大概就是她牺牲女儿们求得王朝的稳定。

美泉宫的另一个女人是中国大众从电影里所熟知的茜茜公主。茜茜公主是奥地利帝国皇帝弗兰茨·约瑟夫一世的妻子伊丽莎白皇后。电影拍了三部之多，我们看到了茜茜公主无与伦比的美貌，看到她从一个任性的公主到被民众爱戴的皇后的蜕变过程，也看到宫廷生活表面光鲜实质约束重重……茜茜公主的一生并不幸福，与婆婆隔阂，孩子早夭，疾病缠身，儿子鲁道夫自杀，她长期外出旅行，最终在日内瓦旅行时遇刺身亡。皇帝是爱着她的，但是她并不爱皇帝，这是我一路听闻得出的结论。皇帝在得知皇后被害的消息后说，她永远也不知道我是多么爱她！电影的容量有限，有所选择并艺术化地再现了这位传奇皇后的人生片断，她在荧幕上热情地喊着“弗兰茨”的镜头，大约只是后来人的美好想象。美泉宫里有茜茜公主的巨幅画像，电影中茜茜的扮演者罗密·施耐德已是十分好看，而茜茜公主真实的样貌更为饱满和内蕴丰富，可谓风华绝代，使来来往往的参观者唏嘘不已。你能看到美丽背后的忧伤还没有消散，隐约还能听到她的叹息。

高情远致的美泉宫主人，精美绝伦的雕梁画栋，但仿佛还有所欠缺，那就是音乐的衬托。其实从到达维也纳的一刻开始，音乐一直回旋在我心里。漫步美泉宫花园，相遇美丽泉，登上凯旋门，俯瞰维也纳全城，不由地内心澎湃，我这个来自东方的生命，步入欧洲的古老宫廷，血管里充满了圆舞曲一样的律动。偶尔驶来一辆观光马车，马蹄嘚嘚，车轮与砂石路摩擦同时又发出机械的声音，叫人倏忽间产生错觉，那里面会不会走下来拿着手杖的贝多芬？或者打着领结的约翰·施特劳斯？

音乐情结使我对下一站萨尔茨堡充满期待。

萨尔茨堡坐落在阿尔卑斯山脚下，是奥地利最古老的城市，世界文化遗产。我们要去拜会的地方诞生过天才莫扎特。萨尔茨堡也是当代指挥大师卡拉扬的故乡，还是电影《音乐之声》的拍摄地……总之这是一座音乐的城。

车子停在一座大桥下面，上了桥看到浩浩荡荡的同心锁，但是并没有看见卖锁人的现身，由此推测锁们大约都从世界各地随主人而来，被赋予了神圣的使命，色彩鲜明，一把把，一簇簇，或疏或密，像这座音乐之城的浪漫音符。一座桥，成了一首轻快活泼的波尔卡舞曲。

过了桥，沿街店铺熙熙攘攘，漂亮的有轨电车“唰唰”而过，太阳伞下喝咖啡喝啤酒的男男女女悠然说笑……拐个弯，就到了莫扎特故居所在的粮食街道，那么，二百多年前，是不是我刚刚所看到的一切激发了莫扎特的音乐热情，从此世界音乐史上多了一位杰出的作曲家。莫扎特出生在一个宫廷乐师家庭，4 岁学习作曲，6 岁在美泉宫登台表演，受到玛丽娅·特蕾西娅的赞赏。此后随父亲和姐姐游历欧洲各国做旅行演出，长达十年。16 岁回到萨尔茨堡做了宫廷乐师。逐渐成熟之后，他深感地位卑微，无论有多大的成就，也不过是大主教的奴仆而已，加之个性不羁，与大主教公开决裂，成为欧洲历史上第一个摆脱宫廷束缚的音乐家。后来在欧洲各地游走，生活窘迫，但是音乐创作没有停止，且越来越卓越。25 岁定居维也纳。35 岁创作《安魂曲》之后离世。死因成谜。

从维也纳到萨尔茨堡，我匆匆而过，踩着音乐的节拍，与那些高贵的灵魂有了片刻的交汇。

远方，不只是传说。历史，就在那儿放着。走近它，触摸它，或许我们的灵魂也可以长高一点儿吧。

## 布拉格是座文艺的城

尼采说，我想找个词来表达神秘，我只想到布拉格。

来到布拉格，我想到的不只是神秘，还有一些表达极致的词语：毒药、香水、抓狂、绝望、永恒、还有梦。它此前的遥远，仿佛是个连做梦都梦不到的地方。

整座城被列入世界文化遗产名录，你可以想象它的魔力所在。

今天我们看到的布拉格，是查理四世国王的杰作，他是个有知识分子担当的学者型国王，有雄心，有魄力，又有知识；有思想，有远见，又有权力。布拉格的诞生就顺理成章了，他被称为“最伟大的捷克人”。

布拉格是文艺的城，出过大音乐家、大文豪。

读师范时学过一首叫《念故乡》的歌曲，“念故乡念故乡，故乡真可爱，故乡人今如何，常念念不忘……”我对音乐的培养和爱好基本来自那一时期，但在当时也只知道这是一首歌，还没有交响乐的概念，后来知道了交响乐，却并不知道《念故乡》是根据交响乐填词。再成长一些听维也纳新年音乐会，听卡拉扬指挥的德沃夏克第九交响曲《自新大陆》，旋律多么熟悉，原来《念故乡》的词作是根据它而填写。实际我对很多西方音乐并不能够完全理解，恰恰因为《念故乡》的歌词，再听原作的交响曲，豁然开朗，美丽低回的旋律中仿佛看到夕阳、田园，静默的树丛、来往的农人，以及远在他乡的思乡情绪。直到这次布拉格之行，终于又对上号，德沃夏克这位音乐大师就出生在布拉格乡下，是一个屠夫的儿子。看来艺术与出身、基因没有绝对关系。但是艺术成就一定与天赋、成长环境、勤勉有关。德沃夏克终年 63 岁，人们按照捷克国葬的仪式将他安葬。

从布拉格街头走过，时常与街头艺人劈面相逢，这是布拉格乃至整个欧洲的别致景观。无法辨识他们来自哪个国家，当然音乐无国界，来自哪里并不重要。布拉格与维也纳近在咫尺，与莫扎特的出生地萨尔茨堡遥遥相望，还有身在奥地利的贝多芬、约翰·施特劳斯、舒伯特这一干大师，对布拉格的影响自然而深远。直到发现德沃夏克竟然是土生土长的布拉格人，原来布拉格无需影响，它自带音乐光芒。在桥头，在街角，在电车站附近，艺人或年轻或年老，拉大提琴小提琴手风琴，还有管弦乐器，弹拨乐器，还有亮出嗓子演唱的，空气里音符的密度大约与负氧离子的密度相差无几了吧，如此相融合的气氛，难怪人们即便对陌生面孔也会毫不吝惜地露出纯天然的笑容。驻足观看的过客，会津津有味地欣赏，临走拿出或多或少的钱币，放在艺人的钱罐子里，却绝非施舍的姿态，举手投足间叫人看到喜悦和尊重，收获与付出。

而且，竟有作家也是学习音乐出身，他就是被中国读者所熟知的米兰·昆德拉。前些年我把《不能承受的生命之轻》当作爱情故事来读，也看过改编的电影《布拉格之恋》，那仿佛是比较直观的布拉格印象。上半年重读这部作品，却是完全不同的感受了。他的关于对生活的态度、对人性的理解、对生命的感悟，完全属于有故事的哲学教科书。昆德拉从小跟随著名的作曲家学习音乐，“25岁之前我最重要的事情是音乐”。我想，如果昆德拉的性格保守，当时社会安定，他说不定会成为一个理所当然的音乐家。然而没有“如果”，他思想激进，被开除党籍，流亡法国，扬言“再也不会回到布拉格去”。这个对音乐、电影、哲学、诗歌、文艺理论颇有研究的人，最终成名于小说，与他的经历以及这诸多积累，是一种水到渠成的关系。他用法语写作，被法国文坛认可并由此蜚声世界。后来他还是回去过布拉格，66 岁的时候被捷克政府授予国家最高的功勋奖。面对历史，正视历史，无论是国家还是个人，和解不仅是姿态，也是心态。这符合捷克人的性格。遗憾的是，在布拉格，我们找不到关于他的符号，没有故居、纪念馆之类。也许再过若干年会有吧。

另一位大作家卡夫卡的待遇则截然不同。卡夫卡生前只是一无名小卒，他出生在一个犹太商人家庭，他父亲在旧城广场那样寸土寸金的地方开过饭店、服饰店，父亲的终极目标是想把他锻造成一个继承家业的商人，然而卡夫卡学了法律，成了小职员之后业余时间写作，生命孤独，情感波折，在 41 岁时因病离世。他有多部未完成的小说，这些小说在他朋友的努力下得以出版。直到半个世纪以后，他的才华才被认定，享誉世界文坛，被视为西方现代主义文学奠基人之一。我从旧城广场穿过查理大桥，到城堡区，到黄金小巷，一路寻访卡夫卡的足迹，虽然语言不通，但只要我用汉语说出“卡夫卡”三个字，当地人就心领神会，开心地指路。在黄金小巷——卡夫卡写下《城堡》的地方，也是他最后的居住地，遇见两个说汉语的人指着一张城市地图聊卡夫卡，说地图上标注的与卡夫卡相关的地点有三十多处……卡夫卡在布拉格是无处不在的，即使有明显的商业化倾向，比如 T 恤上印有卡夫卡的头像，杯子上、冰箱贴、明信片，等等，也并没有降低他的身价，反而会让人觉得，当代的布拉格人是有思想高度的，他们用这样的高度换取价值的同时，亦是对文化的宣传和推崇，其精神其信仰不言而喻。

如果继续说下去，还有哈谢克、里尔克、斯美塔那，以及我认知范围之外的大师，不过这也只是这座城市文化符号的一个方面，还有自然风光、古老历史、城市建筑……诸多因素成就了布拉格的文艺气息。

那天我在酒店天台上看到的布拉格老城的夕照惊心动魄，我的内心与它应和，无声轰鸣。天台上遇到三位上海游客，夕阳落下后，中年女子打开手机音乐，长裙子的女孩儿舒展腰肢，就在这靛青色的天空下跳起舞来。每个人用特有的方式，度过属于自己的布拉格时光。

# ck 不是那个 ck，百威是那个百威

在捷克，去了两个小镇，一个是 ck，一个是百威。

最初在行程单上看到“ck”这两个字母稍有迷惑，美国的时尚品牌 ck 在中国很受欢迎，此 ck 和彼 ck 有什么渊源吗？没有。它们都是各自名称的缩写，巧合而已。

诞生于 13 世纪的 ck，整座城被联合国教科文组织列为“世界文化和自然双重保护遗产”，掂一掂这分量，想象力还是太有限。抵达时已是午后，光芒照着路边的小草，草的边缘闪烁着金光。空气是亮的，亮得有质感，有穿透力。城堡在山上，沿缓坡一路爬行，阳光已经透不进来，周遭是树林暗哑的绿，似乎也没有什么特别之处。及至攀上城堡的平台，猝不及防地

打开了一幅画面，天空、建筑、河流、游人，远的、近的、高的、低的……更像我们玩过的一种立体的贺年卡，“刷”地打开，带来童话的色彩与喜悦。

这是从城堡上俯瞰整个古镇的效果，古镇建在地势起伏的山丘上，捷克的母亲河——伏尔塔瓦河盘旋而过，遍布哥特式巴洛克式建筑，处处红房顶，错落有致，久看不厌。随着人流向下走，进入小镇。小镇布局颇像我们的丽江，店铺云集，小巷纵横交错，石板路磨得没了棱角，发出幽深的光，藏了许多故事的样子。又像一幅欧版的清明上河图，有人饮酒，有人弹唱，有人绘画，有人坐着发呆，有老少在河边戏水……小镇处于捷克南部，其实就是波西米亚所在地，波西米亚的浪漫在这里一览无余。我从布拉格就开始关注波西米亚风格的服饰，直到 ck，漫步在一间间小店面，看到琥珀，看到水晶，看到大名鼎鼎的长鼻子匹诺曹，遗憾并没看到传说中的大摆裙。后来查找了一些资料，波西米亚风起源于东欧不错，在漫长的发展历史中，它逐渐代表了自由奔放的民俗的时尚潮流，吸纳了各地相关元素，早已与地理上的概念无关。所以到了波西米亚，并没有找到我的长裙子。

与 ck 小镇短暂交汇，甚至没有真正停下脚步，便前往百威小镇。

以前一直认为德国人喝啤酒量大，到了捷克发现，捷克人喝啤酒属于累了解乏，口干了解渴，没事时休闲的风格。被我们称作百威的小镇，它的中文译名叫布杰约维采，德语名字 Budweiser，曾经是波西米亚地区政治与经济中心。在 13 世纪就已经开始生产啤酒，直到 19 世纪从德国移民到美国的翁婿二人在圣路易斯创建了啤酒厂，他们大胆地复制了“波西米亚风格”的啤酒，来满足欧洲移民的需求，并且，注册了“Budweiser”（百威）商标。从 1894 年开始，美国和捷克进行了旷日持久的品牌之战，期间欧盟也出面协调。而美国百威不断改进工艺和原料，影响力越来越大，甚至打入欧洲市场，捷克百威的范围日益缩小，现在只限于本国销售。我在布拉格的一家超市货架上寻找百威，啤酒品牌眼花缭乱，最终求助营业员，她竟然也上上下下找了半天，才帮我找到一提百威。美国百威是想花大价钱收购捷克百威的，但捷方断然拒绝，多少钱都不卖，这是民族产业，事关国家尊严。

我们到达百威小镇的时候，夕阳正好。入住酒店之后，即刻前往晚餐地点。感谢这距离不近的两点之间，徒步中领略了小镇的唯美安静。马路都窄得可爱，仿佛三步两步就能跨过去。临街那长长的古典拱廊，连接了整个小镇，行人走着，避免了风吹日晒雨淋。也有三三两两的当地人，就在廊下摆起桌椅，喝酒聊天，悠然自在。这里与 ck 完全不同，没有太多的游人，街道上偶有骑自行车的人驶过，由于幽静，车轮与石板路摩擦出时光的声音，“咔哒咔哒”，很快消失在小巷的尽头。在穿过旧城广场的时候，空中浮着绚丽的晚霞，安静的人们坐在长椅上，神情散淡，只是坐着，就充满画意。这广场有两个捷克之最，最大的广场，最高的喷泉。我们沿对角的线路穿过去，拐到另一条街，依然走在拱廊下，不多远就到了餐馆。

晴朗的夜晚，在那家餐馆的露台上，品百威，吃捷克餐，听移民的华人讲述多年打拼的经历。我偷偷打量周围的食客，他们热衷于聊天，聊得走心。喝酒的样子不像我们那么声势浩大，即使喝了酒，音量也没有偏离轨道，笑容依旧不走样，无论美女还是帅哥，从始至终恬淡、怡然。整个晚上，周围的四桌食客，没见一个人翻手机，打电话，只是喝酒和聊天。我们一直怀念的从前慢，就是这样的吧。

# 在秋浦

唐朝时候，一个叫李白的人到了秋浦河，一下子写了十七首同题诗《秋浦歌》，连牙牙学语的孩童都能诵读的是那首“白发三千丈，缘愁似个长。不知明镜里，何处得秋霜”。因此在我的意识里，秋浦河是从唐朝一路奔流而来的。

## 寻石小记

初到秋浦，还未见河流。从蓬莱仙洞出来，迫近傍晚。山路旁散见几处村民摆的小摊，尽是些山货，青李子、野猕猴桃、野菜之类。蓦地，眼前一亮，一盆清清的水，大大小小的石头们吃饱了喝足了，精神抖擞地打量着我等外来人群。听说石头也是商品，不禁佩服山里人的商业意识。左挑右选，拿起这个，放下那个，末了剩了三块，再也舍不得放下。以比想象低得多的价格成交，小心地装进背包，如同得了宝贝。

后来发现，我眼里的宝贝在这深奥的大山里可不是什么稀罕物。山村公路的两侧，农舍的院子，宝贝们灰头土脸地晒着骄阳。看来石头也是有运气的。被山民拾起摆在清水里的，这辈子就时来运转了，而另外千千万万的，尘满面，鬓如霜，永远只能装点着寂寞的大山。那些不在水里也凸显出特点的石头，才真正属于宝贝级别。我纤弱的双手无力改变这个群体的命运，寻了两块，只好离去。

进了黄崖大峡谷，每块石头都精灵一般。我若有足够的空间，具备一定的运输能力，若是景区允许，我会运回去两个集装箱，没事的时候，去发现它们纹路里潜藏的秘密，一个个给它们取名字。这样想的时候，我像一个拥有无数孩子的母亲。那块被我称作“豹皮”的石头，就是在峡谷的青龙潭遇到后又丢失的。青龙潭的水清得如同梦境，大呼小叫着摸起水里的精灵，“豹皮”是黄褐色的，像极了金钱豹的花纹。喜得心跳加速。这时候，发现一位老人家给两个孙儿不停地拍照，暗想这老人自己怎么不留个影呢，便自告奋勇为她照相。当时的情景应该是这样的：老人说为了不留遗憾那就拍一张吧，于是我顺手把“豹皮”放在脚下的大青石上，开朗的老人夸张的动作逗得我哈哈大笑。照片拍完了，跟老人一路说笑着下山，“豹皮”便丢在了大青石上。老人到此一游没落下遗憾，我至今惦记着我的“豹皮”。

终于到了秋浦河边。由于干旱，石头仿佛一张张缺水的脸，枯得让人心疼。蹲下来寻寻觅觅的时候，天光还大亮，捡着捡着竟分辨不出石头的纹路了，夜色已经罩了下来。

沉甸甸的近二十块石头，来自秋浦的角角落落，抱在怀里，感慨大千“石”界与你相识，缘分哪！跟我失之交臂的“豹皮”，纵使我有千般遗憾，万般不舍，也只能随缘而来，随风而去。

还想交代一下石头的后话。回家后我把宝贝们养在水里，两天后竟发现，其中的一块断裂了，齐刷刷的，像被刀切开了似的。想起了小时候看的戏曲，一只手镯，掰成两半，一半留给自己，另一半送给那个人。这另一半石头，送给谁呢？我却并不知道。

## 漂啊漂

李白诗里，秋霜厚重，如白发。秋浦河有多长，白发就有多长。而今顺流而下的一排排竹筏，犹如梳子的巨齿，因此秋浦河被梳理醒了，有了精气神，白发变青丝，河水清澈而妖娆。

上竹排，稳稳地坐了。撑篙的汉子沉默似山，问什么也不讲，只是一路顺水而下。

啊，秋浦，我在遥遥的北方从文字中品读你，那想象远不如现实美丽和清朗。脱了鞋子，把脚丫子撂到水里，瓦凉瓦凉的，这是一个真实的可以触摸的秋浦，用什么样的语言形容内心感受呢？前生我大概就是这水中的一块石，排里的一根竹，山上的一棵树，如今我寻根访祖来了，姑且称此行为“寻根之旅”吧。

漂啊漂，实在想撇开排上的各位，连艄公也不要，一个人面朝蓝天背抵河流，悠悠然悄悄然飘飘然地随水而行。有一只白鸥顺着峭壁飞翔，呵，多想让它落在我的身旁，我们共同演绎山水之间祥和的图景。

“看，那边是古栈道！”艄公终于不再沉寂，他肯定是实在忍不住才破口而出的。大山底下，靠近河流的地方，一条窄窄的小路紧贴着山的峭壁，蜿蜒着艰难地伸向远方。那绵延的一座座山，古人是如何在悬崖峭壁上凿孔，支架木桩，再铺上木板或石块的呢？虽说这算不得什么奇迹，然而的确使人感受到人类的力量。

天色暗淡，太阳隐匿了行踪。两侧的山变得凝重起来，远山色调朦胧，水上雾霭沉沉，颇具水墨风情。

转过一道弯，水路变得开阔了。路旁一棵老树，虬枝盘桓，有五六米高。待到竹排划近，竟发现大树枝丫上立着三个少年，每人只穿一条短裤。这么高的树，怎么上得去！慌忙举起相机欲拍照。还没捕捉到树上的人，只听水面“扑通”一声，水花四溅，一个少年钻出水面，我们这些漂着的游客无不惊呼。还没反应过来是咋回事，另一个在我们的惊呼声中呼之欲跳，我的相机在慌乱中没能发挥作用。还有一个跳水的少年在树上，我决定不用相机，就把这个瞬间摄入我的目光，这是万无一失的。一个漂亮的造型，直直地落下来，水溅了我们满脸满身，也不知是谁带的头，掌声四起，叫好声不绝于耳。

这才发现，水里还有十来个泅水的少年，他们嬉笑着，爬上没有游人的竹筏，又一个个鱼贯而下。

## 河滩 · 篝火

从公路下来，穿过一小路，到了河边。长长的草棚，四面都是空的，像是城市里公交车站的候车棚，但比那有味道。一座独木桥，长长的高高的，横亘在河面上，要跨过桥去，才能到达那边的河滩。心里是怕的，身体万一保持不住平衡，向左一歪，或者向右一歪，或者对面过来一个人，岂不就栽下去了嘛！可是，那边的河滩实在充满了诱惑。心惊胆战地迈出脚步，20 米，10 米，5 米，2 米，天哪，我过来了，仿佛走过了一段沉重而又惊险的历史。

这个夜晚没有星月，黑得让人有那么一点点恐惧。分明听到了轰隆隆的雷声在远方低吼。河流无声无息地流淌，白日里穿梭的竹排靠在一起睡熟了，睡得安安静静的，听不到干了一天粗活后打呼噜的声音，大概因为它们是竹身吧，因此连它们睡着的样子都那么文气。

河滩上的人们少了白天的活泼,似乎一下子变成了思想者。或坐或立，或三三两两，或二人世界。我摸索着还要寻石头，这可是万万不能的了，一点光也没有，石的样子是躲在黑暗里的。忽发奇想，若这河滩上的石头都会发光，那么熠熠生辉的一片光亮，该有多壮观。

如此想着,眼前真的光亮起来了,还有了叽叽喳喳的人气。我啥时具备了这种想什么来什么的功能了？凝神细看，来了一大群孩子，点燃了篝火，火光不仅照亮了石头，也把人们的脸颊照得绯红。这是些来自城里的孩子们，他们朗诵诗歌，跳拉丁舞，唱《老鼠爱大米》……秋浦河的夜晚有这样的气氛也许不多见，附近来看热闹的老百姓越聚越多。

忽然有人说掉雨点儿了，仰起脸去感觉，什么也没有，却听到雷声近了，闷闷的，只有山里才能听到的闷雷。雨点儿跟着来了。孩子们仍然欢天喜地地载歌载舞。可是，雨点儿顷刻间就变成了雨柱，大家欢笑着，奔跑着，小心翼翼地上了独木桥，奔向各自的栖息地。

回头看河滩上那堆篝火，像在雨里欢快地歌唱呢。

## 农家饭

在农家吃饭，没有考究的厅堂，也没有训练有素的服务小姐，更没有精瓷的盘盏，有的是山里人的纯朴和饭菜的浓香。

农家饭店的人员，基本是那种老少爷们齐上阵的类型。每个家庭成员都全能，幼小的孩子常跟着跑堂的爹娘跑来跑去。那天在徐村的徐家饭店吃午饭，一到那儿便觉亲切，徐家不就是我家嘛！

先上来一只铁锅，炉灶上用的那种，有多大可想而知。探头望去，举座惊呼，这么实在！人没到齐，暂时咽咽口水吧。锅边绕着一圈波纹蒸面，中间上层有烧得红红的猪肉、黑里透亮的魔芋，趁旁人不注意，用筷子掀开红烧肉的下面，哇，是厚厚的嫩笋干。问邻座，这道菜叫什么？“一品香。”怪不得香气四溢。

大家吃着，赞着，赞它的浓香，赞它的分量。这在城市里是享受不到的。

不仅仅是一品锅，还有纯正的老鸡汤，软软的辣辣的小毛鱼，野味十足的蕨菜，盛在木桶里的米饭（哈，米饭装在木桶里似乎就充分调动了味觉）……这场盛宴，余味将绵延到几时呢？

第五辑

# 遇见

旅行就是如此，路途波折，但是能看到无限好风光，能遇到温暖的人，也有机会让自己成为温暖别人的人。

人生路上，大抵也如此吧。

## 前方总有意外的风景在为你等候

因为遗憾，又到这里。

上一次来拍片的时候，站在被夕阳渲染过的田野上，惊喜似洪水般漫过。特别是那一排排的田埂，田埂上是收割过后留下的坚硬的根须，像张开的五指，紧紧地扒住泥土。加上被夕阳那么一映照，整片整片呈现着夺目的金色，使人的心里也一片豁亮。顺着垄沟望过去，队列似的整齐划一。端着相机不停地按动快门。镜头是会思考的，潜意识中还是觉得如果在这样的整齐中有一点变化就更好了。说来也巧，就在这时候，三十米开外，一个农妇头戴一块湖蓝色的头巾，看不清容颜，背上是一捆足以使她的背压弯至 90° 的柴草，正从田埂上横穿过去。端着相机的手跟着激动着，按不下快门。开始还以为是因为紧张所致。深吸一口气，平复一下心情，找准角度，再按，还是按不动。农妇已经离开了最佳视角。莫不是因为天气冷失灵了？比这冷的情况也是遇到过的。电量低了？看屏幕显示满格。农妇越走越远，已经到了公路旁。我也终于找到症结。原来是相机的存储卡满了。等我删掉有些不满意的片子，农妇已杳无踪迹。我站在原地愣了半天。确信刚刚几分钟里所经历的并非幻觉。

遗憾就是这么产生的。再来这里，自然希望仍会有那样的一次相遇。金色的光照里，走来带着蓝色头巾背着金色柴草的农妇，可以称之为艳遇吧。

其实有经验的人都懂，有些相遇，也许一生中只有那么一次。

落脚在这块土地上，由于今年雪大的关系，记忆中的田埂被雪完全覆盖了。远远近近没有一个人影。只有窄窄的公路上，疾行的车辆呼啸而过。

目光便聚焦在了那些树上。北方的土地，生长着这样一些体态婀娜即便在严寒的冬季都会尽显妖娆的树木，在我眼里是罕见的。以江南的优雅，扎根在北国的旷野，那样的韵致，你尽可以去想象了。

我拍过它们的。所以，像遇见了老朋友。我甚至想给每棵树取个名字。让你知道它的静美，温暖和知性。让我知道，我需要的境界，就在这个地方。

我的确拍过它们的。不过才一年多时间吧。这次是美到了极致。树还是去年的树，天空却已不再是去年的天空。先是有蓝天白云的衬托，蓝天白云褪去了，又不忘嘱托夕阳将云彩染红。像一幕幕不断变幻的布景。想起较早看过的好莱坞大片《乱世佳人》，那里的摄像给我的就是这样的视觉冲击波。无边的旷野上，我的静美温暖知性的树们，在北方的腊月里，被清风拂过，万种风情。

没有什么可以遗憾的了。我会偶尔回忆起包着蓝头巾的农妇在田埂里走过，却不会再有意识地去寻找失去的光阴。向前走，不出意外的话，总会有意外的风景，为你等候。

# 泸沽湖畔的孩子

去泸沽湖的路真是拧巴。人在中巴车上没有一刻不是从左拧到右，再从右拧到左。对向有车擦肩而过的时候，看到一车的旅人同我一样地摇摆，仿佛道路因我们的来来往往而编成了一条长长的麻花辫。

经过七个小时的蛇行，眼前明亮了！那么大的一面湖，那么静静地守着群山和清风，既明媚，又端然，从眼睛一直通透到心里，来路上那些麻绳拧成的花，瞬间舒展。所有人都神情和悦，像大湖把影子投在了我们的脸上。

来到一处观景平台，车子停下，大家鱼贯而下。各种童稚的声音蜂拥而来，叔叔你买一袋我的苹果吧，阿姨我家里种的核桃你带一点吧……

我冲出聒噪，直奔观景围栏，端起相机，准备拍片。衣服被人拽住，是一个十一二岁的女生，阿姨你买一袋苹果吧，只要十块钱。我瞅瞅她笑了，告诉她我不需要。她大约是看出我的和气，竟摆出执拗的劲头儿，阿姨我们家里很穷，我要走三个小时的山路才能到这里，你看太阳快落山了，我还要走三个小时才能回到家，可是我的苹果还没有卖完……

十块钱，要一个孩子跟我费这么多口舌，我感觉羞愧了，当然也是想快点儿打发了她，被这么纠缠着太耽误事儿。我回头喊女儿，买她一袋吧。说着的时候我看她手里，五个品相尴尬的小苹果，实在不值钱。但她已经响亮地秒谢我了。

几乎应声而至，又有两三个小孩儿围上来。阿姨你买我的玛卡吧，阿姨核桃带一点吧，阿姨我下学期要交学费……我盯住那个要交学费的小男孩儿，问，你上几年级？他说三年级。三年级交什么学费，义务教育是免学费的。他看没糊弄住我，继续说，那我还要买书买本子呀。总之他们就是要把我钱包里的钞票转移到他们黑乎乎的小手里，而且要转移得名正言顺。

没有时间恋战，告诉他们阿姨不需要这些东西，你赶紧去问别人吧。接着几个小孩跳着脚冲我喊叫，你不公平，凭什么买她的不买我的！嚯！这阵势！先是懵了一下，然后就被逗乐了，同车的游客也不看风景了，都来看这被围攻的场面。

买是不能再买了,施舍也是不大合适的。就跟他们闲谈起来。小孩儿看我乐意跟他们聊天，生意的事儿就放一边了。问他们这么小出来做生意怕不怕，说不怕，有大人带着。问他们一天能卖多少钱，说不一定，几十块钱吧，一百多二百多也是有的。问他们喜欢上学还是喜欢做生意，说做生意好，能赚好多钱。

他们不同于别的大山里的孩子，不怕人，除了穿着打扮与城里孩子有差别，与人沟通的能力毫不示弱。

给他们拍照，还欢天喜地的，早忘了做生意的事儿。

我又继续拍风景。他们自顾自地玩耍去了。

后来我们乘车离去，又去乘船游湖，看鸥鸟在天空和湖水间翔集，美到叫人想就此一头栽到湖里去算了。

小船驶回岸边的时候，看见妇女们带着那几个孩子沿着湖边急急地赶路，大约是回家去。他们远远看到有船过来，兴奋起来，以为又有了生意。船越来越近岸，我们笑着冲他们挥手，小男孩见是我们，竟然有些激动，仿佛遇见熟人，大人们却很落寞，招呼着小男孩，继续赶路。孩子们背着并没有装书本的书包，摇摇晃晃地走远了，渐渐看不见，终至消失在这大美的风景中。

听当地人说，泸沽湖缺少支教老师，心里使劲儿动了一下。我想去告诉这里的孩子，能赚很多钱固然好，外面的世界有很多比赚钱更有趣的事，还是需要通过学习来实现。

# 漂在丽江

中午 12 点退了客栈的房间，飞机要傍晚六点才起飞。我把行李寄存在吧台，出去闲逛。适逢全国多地降温，丽江也不例外，冷飕飕的没有阳光。照片拍出来也是霜打的样子，便觉无趣，回到客栈的庭院里。

沙发上坐了一个灰衣服的青年，我问这里的管家在哪儿？他问什么事。告诉他我找行李。他指给我一扇门。在我打开箱子找衣服的时候，青年感慨，这样的天气是要多穿衣服，然后聊了几句几点出发，下一站到哪里之类的。等我整理完，沙发空了，我坐下来，看手机。

午后的庭院人很少，花花草草和那只叫 magie 的老实巴交的狗都悄无声息。只有一个穿黑T恤的帅哥，对着电话腻腻歪歪，因为安静，满院子都在直播他的谈情说爱。

灰衣服青年在一个类似于厨房的小房间里喊，老四，来把剩下的咖啡磨了！黑T恤应了一声，灰衣服走出来，端了两杯热咖啡，一杯放在我面前，一杯放我对面，随手拉了一把藤椅坐下。

我的？我问。他笑笑，对。

这种，就叫雪中送炭了。

原来他是这里的大总管。这家客栈有四个管家，我第一天来的时候，接我的小伙子是咱们大庆人，跟我聊过他们的管理规模，说他哥四个中有个最好的朋友也是东北的，来自辽宁本溪。就是他了。

他问我对客栈有什么建议，很真诚的样子。嗯，我想了想，作为一家国际连锁的客栈，觉得硬件设施上过于老化了，比如空调，比如地毯，比如家具……管理上也粗糙了些。他沉默一下，声音低低的，是，总部那边对我们投入太少。

大总管讲话的时候不动声色，看起来很硬派的面孔，但是话语的间隙总会隐藏着一抹忧郁，一看便知是个有故事的人。

我说，你的脸上有一种和你年龄不一样的成熟。他笑了笑，声音依旧是低沉的，可能是我经历太多的原因吧。

父亲很早就不在了，母亲拉扯长大，初中没毕业就南下闯荡，那时候真能作，天不怕地不怕，打架差点送了命。有一回，一伙儿和另一伙儿打，后来他这伙儿人都跑没了，只剩他一个跟一群人打，打中了脑袋，昏厥过去，醒来的时候是在医院里。

捡了一条命！这句话他说了好几遍。这次打架，他没被打死，打清醒了。后来他做过医药，卖过保险，倒过汽车，然后来到了丽江。他意识到努力赚钱才是正经事。当责任感增强了，这个人也就长大了。

我快速调动我的思维，一个少年闯荡天下，怎么吃饭，怎么洗衣，有个头疼脑热谁来关照……背井离乡是件多么辛苦的事！他摇摇头，出来的年头太长了，人在哪儿家就在哪儿了，两年前我回过一次家，我妈找了个叔叔，过得挺好，我给我妈买了保险，还买了一辆车，她的日子，我放心。

说到以后的打算，26 岁的他脸上明朗起来，像大多数时候丽江幽深的蓝天。我喜欢丽江，不想走了，想在这儿成家。你看这空气质量，全国哪儿能找到？房价也不贵，这地方，适合生活。我妈以后喜欢来就来，不喜欢的话待在家里也不差啥。

问他有没有女朋友，他羞涩地摇摇头。我祝福他，只要找准了方向，目标就近了。

平静，坚忍，又知道自己该做什么，且又年轻，世界应该属于这样的人。

# 在洱海，在苍山

选择自由行，会随时遇到各种麻烦，比如规划路线，找交通工具，买票……有些可以在手机上完成，有些还需原始方式。伤钱，伤脑筋，伤腿脚，但不会像跟着旅行团那样叫你伤心。

去大理，拖着沉沉的箱子，从戒备森严的昆明火车站乘上夜行的火车，以为仍然会像很多年前一样，一觉睡到天明。然而如此文艺的旅途，对于中年女人还是显得尴尬了。

凌晨抵达大理，入住古城南门外提前订好的客栈，老板在夜色里打着手电出来迎候，言语间流露不情愿。原因是我中午即退房，他认为不值得耽误他的黄金睡眠。不过他摆他的脸色，我识时务地只当没看见。沉睡了三个小时。又在古城闲逛到中午，回来退房。老板没有什么话，却执意帮我们拎行李。门口修路，箱子只能提着走，我自然感激不尽。网约的车还没有到。老板就站在路边跟我有话没话地闲聊。终于嗫嚅着说到正题，说得有点艰难，大意是能否在网上给个好评。我心里是有些得意的，但是也在刹那间油然而生同情，大男人放下自尊只求一个好评，足见活着之不易。不假思索地应承下来。能帮到别人，并且举手之劳，心里是有一点小欢喜的。

看洱海和苍山，我选择了住在才村。较之著名的双廊，这里更为朴素。

次日早早地起床拍日出，住在洱海边，无论如何舍不得虚度光阴。游人并不多，整个村子仿佛还在梦中，而我，和身边不多的游人，和这淑女样的洱海，和这天边泛着橙红的云霞，都像才村在清晨恍惚的梦境。空气有些薄凉，风带着棱角，把头发吹得散乱。迎面走来单身的外国女子，目光相遇的时刻，彼此浅笑，算是打招呼。看她倚在一处栏杆，用围巾包住中长的卷发，背过身去，面向洱海，身体趴在栏杆上，便不再动。没有按快门，怕自己的不礼貌惊扰了她，也怕破坏了刚刚晨曦里友善的微笑。

太阳升起，沿湖边漫无目的地行走。看阳光洒满湖面，房屋、亭台以及来来往往的大人和孩子，都披上了耀眼的金光。

一家客栈玻璃窗里的卡片引起了我的注意，本店售大理到丽江车票。本来计划下午出发，在大理到丽江必经的路口乘车，但是有担心，如果大理出发的车满员就走不成，几乎等于碰运气。而这张卡片，正急我所需。

推门进去。颇有规模的客栈，气派，明亮，温馨。问车票事宜，一位老阿姨接待我。她热情，却又茫然。说这卡片是昨天客运公司的业务员才送来的，贴出后我是第一位顾客，她也需要问具体的票价、乘车地点以及是哪家客运公司，以确认是不是靠谱的公司。

打了一通电话，对面答应预留两张一点半的车票。既然预留，就得交预付款。我交了钱，老阿姨倒是不安了，跟旁边她的先生用方言争执了半天，大约一个说留了钱车子不靠谱怎么办，另一个说不留钱的话座位空出来了，票如果不要了怎么办。我坚持把钱付了，是因为我觉得谁会为一百多块钱来诈骗，而且这是我最方便的购票方式。阿姨又打电话，进一步落实车子情况。撂下电话，她告诉我，她要送我到乘车地点。我有点惊讶了，阿姨说我要去，以后别人再买票我就心里有数了。我们约好了出发时间，她记下了我的手机号码。

当我在约好的时间到了她的客栈，老两口急得要死，阿姨已经穿戴整齐，见到我，指责我给的电话号码是空号。原来他们怕时间来不及早早地联系我。原来我给的号码确实让我写错了。

阿姨边走边埋怨。我想我得主动改变话题呀。我称赞阿姨真是个做事严谨的人。她很骄傲，滔滔不绝起来。她说我是有工作的人，在工厂里面退休的，我们这代人做事讲良心，讲责任，我们不能骗人。客栈是女儿的，老两口代为打理。本是一处民宅，租期为20年，房子重新建造，规模不小，投入很大，所以管理上就得用心，一点也马虎不得。

老阿姨带着我们上公交车去往乘车地点，并且执意不让我买这两块钱的车票。

阿姨怕误点提前量打得太多，在“大丽”路口等了很久。我过意不去，说阿姨你先回去吧。她也犹疑了，问我，我收了你的钱，车还没来，你放心吗？我说放心。她想了一会儿，马上决定，反正也来了，我也要看看车子的情况，再等等。

她果然等到车子开来，看满满的一车人，看我们上车，在车下灼热的阳光里冲我们挥手说再见。

我们到达丽江客运站的时候，正忙于取行李，手机响了，显示的手机号来自大理，没顾上接，又有大理的固定电话打来，还是没顾得上接。等我安顿下来，我回了过去，告诉老阿姨，我一路平安。她在那边竟然对我感激不尽，谢谢我竟然能给她回电话。

旅行就是如此，路途波折，但是能看到无限好风光，能遇到温暖的人，也有机会让自己成为温暖别人的人。

人生路上，大抵也如此吧。

# 有一条天路在巴拉格宗

去巴拉格宗之前，并没有听说过这个地方，之前也没做功课。那时候我们在丽江的石板路上犹豫复犹豫，到底去不去香格里拉。一是季节因素，二是跟团费用低得叫人害怕。最终还是选择去，因为香格里拉是多少人心中的日月，而那一时刻，我已经看到日月的光芒了。

在旅行社报名的时候，工作人员也不善于推介景点。只是翻看那些宣传图册，介绍巴拉格宗是香格里拉最后的秘境，有着美丽传说的雪山，其实主要被一张巴拉村的照片吸引，说这是只有十余户人家鲜与外界接触的千年古村落。因为这张图片，在香格里拉的若干条线路中，我们选择了巴拉格宗、虎跳峡一线。

香格里拉县城的月光古城已在两年前焚毁，我们在龟山公园的最高处看了县城全景，以及远处的雪山，高天上的流云。这里有世界上最大的转经筒，大约有五层楼高，人少，转不动，拍下照片，将之安放在时光里。

离开县城继续行进五十余公里，进入巴拉格宗游客接待中心。换乘景区巴士，也换了景区导游。导游是位纯朴的藏族卓玛，她从山路十八弯说起，她说我们这里可是山路三十二弯，游客不约而同一片嘘声。这些弯路都呈“U”型，可不是如此规范对称的“U”，左面那一竖可能呈 20° 角下坡，转个弯右边那一竖有可能呈 30° 角上坡。因为这么一弯弯转着，人坐在车子里仰视窗外，就像淘气的孩子张开双臂仰着脸转圈圈，转得天旋地转。

景色是一种与世隔绝的美，高冷，小众，颇有探险意味，脱离世俗。我无法找到更合适的语言来描述。

卓玛问大家，你们来云南之前听说过梅里雪山吗？大家回答听说过。听说过玉龙雪山吗？大家回答听说过。听说过巴拉格宗雪山吗？都摇头，还有的站起来看看前面后面有没有人举手。卓玛接着讲述了巴拉格宗的开发与一个人有关。

这个人叫斯那定珠，他自小生活在巴拉村。村子就像被锁在了层层叠叠的大山里，外面的人只有代销员用牦牛运来茶叶、食盐等生活物资，把村民的药材土特产换出去。村民若想走出大山，只能走那条开凿在峭壁上、窄而险又不完整的人马驿道，走到县城需要四天。很多生了病的人需要走出大山去医治，几个壮汉轮番抬着，常常是人还没到医院就咽气了。斯那定珠10岁第一次离开巴拉村，是因为眼睛受重伤，父亲带他去县城看病，怕他掉下悬崖，用一根绳子拴住父子俩，日夜不停地赶路，到了县城的医院，因为时间耽误太久，他的左眼永远失去了光明。

然而斯那定珠心里一下子亮堂了，外面的世界有电灯，汽车可以在马路上奔跑，还有人们的生活不仅仅有食盐和茶叶……

13岁，他离经叛道，即使被指“逆子”，也执意离开巴拉村。从摆地摊儿做起，奔波于香格里拉、大理、昆明，甚至广州上海，卖掉家乡的水晶石、虫草，买回录音机、磁带、运动服，赚取可观的差价。

他觉得自己是个有钱人了。有一天在昆明的一家小饭馆打牙祭，一饭一肉一蛋汤。吃着吃着他却哭起来，他想起他的乡亲们每天还只能以青稞面果腹……

有了一定的积累以后，他在县城开了迪庆藏族自治州第一家五金门市部，第一家涮羊肉火锅城。他买房买车，把父母接出来住，过幸福日子。

斯那定珠就在这时候开始动心修一条通往巴拉村的公路，

开发旅游，让关在大山里的乡亲们也能跟他一样，过幸福日子。

这个想法遭到了所有人的嘲笑和反对。在悬崖峭壁上修公路，简直是痴人说梦，斯那定珠如同神话里被讥讽的愚公，并没有动摇。他卖了商店餐馆，卖了车子房子。一批又一批的工程技术人员来勘测，之后都无奈地离开，这样一层层壁立千仞的大山，连挖掘机都没有地方落脚，如何施工？

此后斯那定珠自己用两三年时间勘测地形，设计线路，八年后的2008年，把原本翻山越岭需要四天的路程缩短至一个半小时，把电灯亮到了巴拉村，把巴拉格宗开发成了国家4A景区。2013年，云南两次地震，修建的这条公路损毁一半以上，损失2个亿，这个坚强的康巴汉子坚定地安抚大家，人在路在！

卓玛讲到这里哽咽了，她说你们不会理解我们的心情，斯那定珠是我们的恩人，他为修路负债累累，我们却都因为他而有了工作，有了视野，有了财富……

当车子停在巴拉村的时候，看到的房舍已经不是我在旅行社看图册的样子了，那里在翻盖新房，有人依然在修路，近在咫尺的巴拉格宗雪山还没有过攀登记录。

夜里，入住山下的水庄大酒店，酒店外面飘扬着党旗，他们以这样的方式表达自己的政治立场。热情的藏家人用歌舞烤鸡青稞酒欢迎远地而来的朋友，餐后的院子里，主客围着篝火，伴着音乐，跳起欢快的锅庄舞。

在巴拉格宗的空气里，弥漫着与众不同的祥和气氛。

我没有见到斯那定珠，但这一路上，斯那定珠似乎都在。

# 在刘禹锡的秋天里

我常常盼望秋天的到来，竟胜过对春天的期待，而且为这份心理还找到了同盟者。他叫刘禹锡，唐代诗人。诗人在《秋词》里这样写：“自古逢秋悲寂寥，我言秋日胜春朝。”一反历代文人墨客悲秋的调调，可谓独树一帜。纵观刘禹锡的一辈子，经历23年贬谪生涯，此诗是他被贬刺史又贬司马途中所作。

他那时候也许恰巧看到了秋日万千气象，关注点瞬间发生变化，暂时忘掉自己那皮儿片儿的一地鸡毛。在大自然面前，个体的经历确乎渺小，江湖上遇个凶险翻个船，乃道上常态。若不被贬谪，哪里能看到这大好风光呢？其实人对自然的感受与境遇关系不大，与秉性相通。那么，一个有气量的胸怀在人生大落差面前就显得贵重了，该庆幸才是。

从前，季节的更替被视为自然发生的事，无非夏天来了换裙子，冬天来了穿棉衣。第一次对秋天形成印象，是七八年前，在五大连池，在充沛的光芒里，我用卡片机摄下蓝的天，淡的云，各色树木，风中芦苇，满地黄叶……秋天原来是这样的清澈，这样高远，又是这样繁华。乘船去一处荒僻的小岛，看渔民捕上来各种鱼，高举着，稀罕着，让我们拍照，老渔民的喜悦濡染了旷野的天空。女人蹲在灶前，躬身，歪着头，往灶膛里添上两段木柴，柴火旺盛地舔舐锅底，鱼咕嘟出幸福的香气。一帮人围着简易的“靠边站”打扑克，消磨等待美味的难挨时光。我出了门，左转不过十米远，就看到开阔的水域。无人迹，无雕饰，野性十足。有些风光是叫人看的，有些则是叫人想的。那面水在阳光下，秋风里，镜子一样晃人的眼。野渡无舟楫，朽木自横陈。所有的事物都被秋光镀亮了，近的枯草，远的群山，不远不近的涛声，层次分明，生动着，饱满着，连小虫子们也成群结队地趴在黄衣服上，懒洋洋地，挥之不去，有意晒幸福似的。这样的风景，引人思想。

秋光需要抓紧，稍一恍惚，便错过。假使有那么一两天的忙碌，而盼望已久的秋色恰好出现，待到寻访时，已是落红满地。曾听不同地方的人说，我们这里的秋天很短。哪里的秋天不短？短暂的又何止是秋天！

我在这个秋日，与友人相约去采风。秋天的色彩不似往年鲜亮，却也尽显秋意。理想和现实似乎出现差距，大家并不失望。若干年以后，我们未必能记住每一个秋天的模样，但是一定不会忘记曾经一起走过的弯曲山路，不会忘记各种镜头记录下的背影，还有，摄影家先生在黄叶簌簌的弯道上，回过身来，掏出一块士力架，补给他的夫人。那一刻，没有阳光，沿途寂寥无人，饥肠辘辘，可是秋天的凋敝，在他们家常的对话中幻化成温情的暖调。我只是遗憾，手里端着照相机却没能记录下这精彩的瞬间。

那个夜晚，寒气袭人，身体疲累，我们选择一家火锅店。在远离城市的小镇，各族人民共同度过十月一日，出乎预料的盛大。

秋光很短，相聚不常，但秋风有记忆，在刘禹锡歌咏的秋天里，刻录下平凡众生的怡然自得。

# 穿林海，过雪原

哈尔滨的初冬只是水墨画似的飘过两回小清雪，雪后不留一点痕迹，让那些眼巴巴盼望下雪、想牵着谁的手在大雪里走到白头的人们望穿了双眼。

此时我到了凤凰山。凤凰山位于哈尔滨所辖的五常市境内，距哈 236 公里，乘大巴约五小时车程。就是这五小时的穿越，把我们带进了一个粉妆玉砌的王国。即便是土生土长的哈尔滨人，也没见过如此声势浩大无法无天的雪原风光，戏词里豪迈的“穿林海跨雪原”并非在东北任何区域都可以领略到。而这凤凰山的冬天，也只是才开门纳客两年而已。

此前每到冬天山就被雪藏起来。我在七年前的夏天曾来过，那时候凤凰山也才开发两三年。当时最吸引公众视线的却是它的 UFO 事件。当地农民上山挖野菜，与 UFO 奇遇，这个当年轰轰烈烈的大事件，被海内外媒体报道后，多位专家前往凤凰山。如我们现在看到的许多探秘节目一样，专家只是一路调查，当事人陈述当时情形，结论仍然只是谜。而到了凤凰山，峡谷秀丽如江南，空中花园静美又高远，那个天外来客的传说已经不重要。清楚地记得我那时的向往，这个地方，如果冬天能来，应该别有意味，忘记了是谁告诉我，冬天是封山的。

打开雪封的大门的那个人不知是谁，向他致敬吧。凤凰山此行，还遇到一些人，从他们的身上我们看到凤凰山的前景。

山下的多家酒店，还是冷冷清清，甚至闭门谢客，似乎依然习惯夏天接待游客，实际情况大约是宣传力度还不够，如此气冲霄汉的地方，还是躲在深闺人不识。我们入住的红松林客栈却是另一番情形。抵达时已是中午，餐厅里座无虚席，有男人女人高声大嗓地谈话，大约从辽阔的冰天雪地回到室内还没有适应。这支庞大的户外团队让充满热气的餐厅又充满了生气。他们离开，我们入住，又使得这里人气旺盛。晚上从大峡谷回来，我们一行在餐厅就餐，遇见了客栈老板，是一位年过六旬的老大姐，能歌，善舞，能言，善饮，那个短暂的夜晚，我仿佛看见她大半生的风华，虽然同龄人早已隐退江湖，我眼里的她还是风华正当时。大姐并非当地人，2015 年底来到凤凰山，就喜欢上了这个地方，也就是冰雪旅游刚刚起步之时。今年租下了这家客栈，九月份开始改造，虽然有些小细节还在进行，但是完全可以运营。朋友向张姐介绍我，她请我多多宣传凤凰山，让更多的人分享冰雪盛宴。对，她请我多多宣传凤凰山，而不是宣传她的客栈。可是我不得不说，那晚的大鹅炖酸菜粉条，在若干年的若干次旅途中，脱颖而出，难以忘怀。

另一个人叫雪狼，是我们此行的向导兼摄影师，当地人。初见雪狼并看不出有狼的野性,脸上明明刻着王宝强般的憨态，细打量比宝强精神很多，看他在高山雪原上驾驶雪地摩托，顶风冒雪，一往无前，那真是雄风毕现，名副其实。他多年拍摄凤凰山，熟悉山上的一草一木，他的拍摄又与我们这些看风景的人不一样，既带着对故乡的情感，又心怀梦想。他的朋友圈里都是凤凰山，春夏秋冬，情深意长。雪狼说起凤凰山的风光，仿佛山是他们自家的，颇有自豪之意。当然了，话说回来，要是我守着这么一座山，或许比他还能显摆。

到达民俗村的时候，是傍晚时分。看到山那边的晚霞，虽不盛大，却有几分灿烂，让疲劳和寒冷缓解许多。据说游客的入村仪式是很讲究的，因为来晚了，仪式从简。村子的规模不小，设计用心，院子是展厅，房屋都是满族建筑的传统式样，屋外侧竖着高及房檐的烟囱。每家每户也是展厅，展示东北民俗，也展示那些渐行渐远的时代。作为七十年代生人，我看到一辆掉光了漆的二八自行车，眼前一亮，有同行的朋友也瞬间复苏记忆，他介绍骑车的人是爸爸，前面大梁上坐着哥哥，后座上是妈妈抱着他……大家流连很久。其实时代在进步，我们没必要怀旧，日子是越过越好的，只是此情此景，叫人联想到了成长的岁月。站在新建起来的偌大的民俗餐厅，墙面桌面都是红彤彤的大花被面的图案，乡土气息浓郁。这时候才听一个貌似负责人的介绍，这个民俗村是当地农民自发集资做起来的，他说到当初的种种困难，以及没有客源，现在所有的民居都已经被旅行社包下来，目前要做的事是如何发展，如何创新。早些年东北农民是以好吃懒做著称的，而这里的绿水青山冰天雪地彻底改变了农民的思想，脱贫确实需要扶持，更重要的还是自我的觉醒。由衷地赞叹农民兄弟的胆识和魄力！

行程结束了，坐在大巴车上，闭上眼睛，眼前还是一派肃杀的银白世界，仿佛又看到红松林的张姐，靠摄影公益宣传凤凰山的雪狼，民俗村那些我并没有亲眼所见的农民们，他们在风雪弥漫中鲜活而亮丽，是冬季凤凰山一道温暖的风景线。

# 刘明文的媳妇叫贾金赞

车子穿透黑暗，晃晃悠悠驶进雪乡的灯光里。

过桥第一家，刘明文两口子站在马路边，没戴帽子围巾，手抄在袖管里。他们至少已经等了二十分钟。车门一打开，寒冷猛兽样地呼啸而至，同时迎过来的还有热情的招呼。咋走了这么长时间？冷不冷啊？饿了吧？实际上，这只是当地朋友为我们预订的家庭旅馆。我们彼此间并不相识。

屋檐下的灯笼映着窗下的雪。火红的日子哦，心在瞬间有一点发烫。

进了屋，就没再看到刘明文的影子。老板娘安排房间，忙前忙后，寒暄不断。

沸腾了一阵子。大家开始留心挂了满墙的照片，尽是些文化界、政界、商界名人。文艺界人士居多。雪乡作为影视基地经常会有剧组驻扎。我们看到眼熟的面孔会说，这不是那谁谁吗？老板娘立刻反驳，不是不是，那谁谁的合影我也有，我去找。然后回到后屋，拿出照片给我们看，我们恍然，这才是那谁谁。接着看，老板娘又数次回到她的后屋。以至于我对她那间屋子充满了想象，那里还有多少张跟名人的合影？我们便建议，这些照片还要现找多麻烦，怎么不都贴在这儿？老板娘一脸骄傲，手臂挥舞着在眼前画了一个弧形，这得需要一个宽敞的地方，照片太多啦，我正在准备开办一个展览馆，整好了都放到那里去。她的语调表情肢体语言和这个单纯而郑重的策划，把同行的朋友都逗乐了。

坐下来吃饭的时候。老板娘继续站在饭桌边上跟我们唠嗑。像迎回了久别的亲人，说不完的话呀。我们对她似乎也不陌生，也乐于听她唠。我们吃我们的，问一些关于雪乡关于雪的话题。她就围着我们的饭桌，说雪乡的雪说她的旅馆，还有娱乐圈的那些事儿，她都门儿清。

大家各自回屋休息。我整理好东西从房间溜达出来，正赶上老板娘从外面回来，拎了一塑料袋山楂。执意让我吃，直到我说已经刷过牙准备休息了，才作罢。夜还长，我就有一句没一句地与她闲聊。她又回后屋，翻出家人的照片，告诉我这是三个儿子，这是三个儿媳妇，这是孙女儿，他们在海林，在哈尔滨……幸福充溢在言语之间。

有客人顶着风雪从外面进来。问老板娘，咱家有三脚架吗？夜景没架真不行。我估计这位发烧友是真的病急乱投医啦。你住店，人家还得给你准备三脚架？再说了，老板娘哪像有三脚架的人呢？

老板娘似有犹豫。你可不要拿到远处去，就在门口，我的三脚架已经被客人用坏两个了。

我那时是真的无语了。在门口看到灯笼那会儿，我就想，要是有个三脚架就好了。一闪而过的念头。

发烧友继续提要求。相机缓霜了，有没有吹风机？老板娘答应着有有有，已经旋进她的后屋，转眼抱出一个盒子。

看来潜意识中认为不可能的事情，往往会让我们错过许多机会。

此时此刻的三脚架无疑是雪中送炭。我发烧的心又蠢蠢欲动了。回房间全副武装，拎上相机，走进风雪。

前一发烧友用完了脚架，帮我装上，就闪人了。

旅馆临街，窗户的灯光、灯笼映着雪光，很多人被吸引，在路边驻足。一个摄影人把一个重重的背包放在地上，相机搁在包上，在镜头底下垫了一个什么东西，使得镜头抬起来对准屋檐下的灯笼。总比手持稳当些。他问我，这家的条件怎么样。

我说好。房间干净，利索。比我上回来住的好多啦。

这会儿老板娘出来了。拿着铲雪的铁锹，刚要铲，又停住。自言自语，不能铲，雪会扬到你们镜头上的。

知道是老板娘，跟我搭话的人便上前去，想要一张名片，打算下回来之前预订。

老板娘一听，哦，原来你不是我家客人啊！快进屋坐坐，暖和暖和，喝杯热水，参观参观。说着就拽着人家进屋。那人说不用了，我已经了解了你家的情况。老板娘撂下铁锹，说不看你哪知道我家啥样，就开始生拉硬拽。那人说我今儿跟旅行社来的，已经住在别处了，下回一定来。老板娘继续把他往里拉，我也不是让你今儿就住在这，就是让你看看我家好不好。那人说真的不进了，相机一缓霜就麻烦了。老板娘指着我，你把相机给她，给你看着，你进去看看就出来。我便笑。那人也笑。老板娘的手一直就没有松开。那人很无奈，终于说，我不认识她，怎么能把相机给她呢？老板娘恍然大悟，哦，这好办，你让她看着，肯定没事儿，我把房子押给你，这总行了吧！我们都笑得不行。最终老板娘取了一张名片出来，那人如释重负地走了。我仍在笑，跟老板娘解释，他那个机器，好几万呢，怎么能随意交给陌生人呢？她却一脸茫然，我都答应把房子押给他了，还是信不过我。她的机器不用三脚架能拍好？我说也不行。那你怎么不把三脚架给他用用呢！我说不好吧，你借给我，我再借给别人，万一借丢了呢？你们这些城里人啊，总是不相信人。我说在外面必须得提防着点，没坏处。她说心里干干净净的，就会活得轻松。

第二天中午，我们饭后就要返程。仍然是我们吃，她跟我们聊。说到高兴时，两手打扑棱地笑，一点也不掩饰，大家就夸她豪爽乐观。她更是亮开了嗓门儿，我就是这样的人，不会装！现在不是流行吃绿色食品吗，其实我觉得做人也得绿色。围了一桌子作家，被她这几句硬词整得挺震撼。说到合影留念，她旋即进了后屋，出来的时候换了件红色毛衣。我发现她的很多照片都穿着这件衣服。照相的事，很让她重视。这时候，一位老师问了一句，你叫什么名字啊？

只知道她是这里的老板娘，刘明文的媳妇，一般不会有人想起问她的名字。然后我们都记住了，刘明文家庭旅馆的老板娘，刘明文的媳妇，她叫贾金赞。

“媳妇”的“媳”，东北话，请读第三声。

# 风雪中的康安路 22 号

我说我能拍一拍你的茶叶吗？他说拍，随便拍。人跟着就闪到我身后去了。实际上我是想连同他一起搁在镜头里。那么不急，等等再说。就听另外摊床的跟他唠嗑。干啥的？不知道，应该是新浪影友吧？我就乐了，你常看新浪吗？看啊，新浪微博啥的。

看面相是个比我年龄小的兄弟。很健谈。拍吧，这样的露天市场已经很难找到了，再不拍就没有了。我应着，是，这地方好像有新的规划，估计不久就会拆掉了。他继续唠，你选的天儿真好。我又乐了，你很懂啊。他没说为啥这天儿好，我没说你懂什么，可是我们都意会了。

过来一个上了年纪的大姐，很不屑，很气愤，这地方有啥拍的，破破烂烂的！你去防洪纪念塔，拍中央大街多好呀。她一定以为我的审美有问题，我不辩解。很明显，她一头扎在市场里不是一天两天的了，已经腻歪到不允许别人去另眼相看，显然不是简单意义上的职业倦怠。

我对着那一排透明的装旱烟的塑料罐子的时候，摊主过来，使劲儿用浮尘甩了两下，我下意识地遗憾了，他问，咋了？我说我要的就是这么一层雪的效果。他竟有点不知所措，讪讪的，嘿，我以为能让你照得更真亮一点呢。我赶紧安慰他，雪大，一会儿又是一层了。

香园茶庄的女摊主没开口先露出笑眯眯的眉眼，问我，你是学生吗？我把围巾往下拉一拉，也露出我的眉眼，你看有这把年纪的学生吗？然后我们就从年龄开始聊，最后确认她比我年长。我要求给她拍一张，她有点害羞，还是配合了。

一个卖调料的憨憨的大哥，直接问，你是做什么工作的？告诉他做教师。又问教什么。再告诉他教语文也教数学。他“哦”了一声，农村学校吧？我哈哈大笑，这话应该让我们领导听听。他被我笑得有点发毛，然后解释，我只知道农村学校是不分科的啊。我告诉他，你知道什么是复合型人才吧？我就是。

大哥喊着旁边卖尿不湿的妇女，给我介绍，她以前也是当老师的。那大姐走过来，跟大哥调侃了几句，我趁她不注意抓了几张，那是一种只有普通劳动者才有的笑颜！说笑过后又去忙她自己的事儿了。我疑惑，干吗老师不做了来干这个？大哥慢悠悠地答，可能卖尿不湿要比做老师赚得多吧。

我在她的摊位前转了半天。大姐，我再给你拍几张，你的笑容真好看。然后又得寸进尺，大姐，你知道吗，你的笑容是有温度的，叫人看着就暖和。咱俩合个影吧。

继续拍这一截不足五十米的市场。有人喊，来，给我拍个特写。心里头高兴啊，摄影人出门能遇到这么配合的可是运气。有人从棚子里探出身子笑呵呵地看我，对准他并且叮嘱别动别动啊。也有人推荐，拍那谁谁，那谁谁来了，推荐者戏谑，这是我们康安市场的副总。来者人高马大，着迷彩服，嘿嘿地笑，像美国大兵。他把手里的香烟往雪地里一掷，我忙喊，别扔啊，已经迟了，旁人领会，忙递过来一支香烟，点燃。

风一阵一阵地旋过来，雪一阵一阵地被风扬起。鞋子已经被风打透，手指僵得不听使唤，问卖茶叶的兄弟，你不冷吗？冷啊，冷也坚持，靠这生活呢。

镜头里的表现不够满意，场景乱，人又多，技术也不过硬。没有达到满意效果。

寒冷终于还是打败了热情。五分钟以后，我回到家里，冲了一杯热豆浆，身体一点一点地缓过来。

那些兄弟姐妹，还在康安路 22 号的风雪里，坚忍着，微笑着，奔生活。

第六辑

# 读你

这世界有一些相遇猝不及防，有一些相遇只是擦肩而过，也有些相遇成为我们的道路。道路有很多种，有的道路用来吃饭，有的用来交换利益，有的用来充实精神世界。

# 亦庄亦谐袁炳发

有一年春天，伴着窗外浓郁的阳光，我在课堂上讲完《丰碑》，教室里的空气即刻都是悲壮的了。趁着这气氛，我说，再给你们讲一个战争时期的故事吧。老班长带着一高一矮两个小战士被困山上已经七天，靠吃野草啃树皮度日，老班长有令，不到关键时刻谁也不能动仅有的那一把炒米。第八天深夜，老班长让高个子吃了炒米准备突围，并拳打了来争炒米要求自己突围的矮个子。矮个子流着泪抹着鼻子里流出的殷红的血。老班长和矮个子在北山坡开枪吸引敌人，高个子从另一面突围。“几十年过去，高个子将军来到北山坡，立了一块碑，上写……”

讲到此，我停住了，学生们的眼神紧紧盯着我。“那块碑上写的是……”我说不下去，眼泪刷刷地流下来。教室里一片沉默。我没有擦眼泪，拿起粉笔，回身在黑板上写下：革命烈士刘冬父子之墓。

这就是袁炳发的小小说《一把炒米》。

袁老师作品所闪耀的人性光芒不仅仅体现在这篇，比如《身后的人》《弯弯的月亮》，使读者对文中主人公油然而生敬意的同时，对作家本人也刮目相看。

实际上，生活中的袁老师不是惯常意义上大家所看到的作家的深邃沉稳模样。一个典型的东北汉子，其貌实在不扬，有时候舞舞扎扎，又是秧歌又是戏，整一个面具挂脸上能让众人乐翻天。有一回我跟他说，有人很欣赏他的小小说，希望有机会认识一下，他一本正经地问我，男的还是女的？我说是男的。他又一本正经地说，那算了我还是喜欢女的。

袁老师有哥们儿从外地来，他便张罗着码了几个常来常往的朋友，为他的哥们儿接风。他先把每个人的杯子“咕咚咕咚”斟满哈啤，来者因为驾车，面露难色。那时候还没有代驾。他那哥们儿和女朋友交换了一下眼色，女朋友的眼神明显地表现出制止。男人已经响应号召欲端杯。女朋友发现眼神没有得到确认，便更进一步地伸手按住男人的杯。男人尴尬。袁老师开口了，咋滴呀？这么为难吗？男人又欲端杯，跟女朋友商量，少喝点没事儿。女朋友坚持不行。袁老师说那破车不要了不行吗？大家都笑。笑着的时候局面就有点尴尬了。这时候，那女子很识大体地站起来，说，我平时不喝酒，但是今天，他的酒都由我来代喝啦！袁老师那个感慨啊，瞅瞅，你们瞅瞅，爱情就这死样子！来，喝！

后来他还以《爱情就是这死样子》写过一篇小小说。性格影响语言，语言折射性格。有南方女子跟我交流东北男人豪爽幽默的秉性，感慨他们每个人都是赵本山啊。要是跟这样的人生活在一起，日子过得一定很轻松。言语间，东北男人似乎已经成为南方女人的神话了。袁老师是不是可以算作东北男人的典型代表呢？我以为在某一个层面的确具有代表性。

看似大咧咧的袁老师可是个细心人。当大家被他逗得前仰后合的时候，他却静悄悄地摸出手机，把刚刚爆出的火花一字字装进记事本，成为他日后创作的素材。可谓老谋深算哪！

他也是极有正事儿的，朋友圈里谁生病住院，谁家老人去世，谁家闺女结婚，哪个哥们遇到困难，袁老师阵阵落不下。他身上确有一种江湖范儿，讲究哥们义气。

他构思过这样一个情节。让家人向朋友们假称自己死亡。然后躲在院子里的大树后偷窥，估摸着，第一时间赶来的一定是谁，这个是他认为最仗义的人。第二个又是谁。谁会很镇定有条不紊地帮着料理后事。谁来的时候左顾右盼将信将疑差点发现躲在大树后面的他。还有清风啊，你来的时候一定是对我的死确定无疑，那眼泪鼻涕拖得老长啦。

他活灵活现地说着他的“死”，其实潜意识里在意的还是朋友情谊。

袁老师对小小说的投入和对朋友的古道热肠，促成了2013年春天文学界的一桩盛事——袁老师牵头的东北小小说沙龙在哈尔滨成立。

以东北三省的小小说作家为主，也有来自外省市的特邀嘉宾，全国各地小说界的期刊编辑，来自小小说根据地河南郑州的出版人、小小说领军人物杨晓敏等。杨晓敏先生在大会上发言，用了不短的篇幅对袁老师进行评价。晓敏先生说，八十年代，袁炳发还在宾县，我来哈尔滨开会，炳发冒着大雪赶过来，那时候他想见我不容易啊。让我感动的还在后来，他不光自己写好，还带动了东北一大批写作者，他自己发稿子是不成问题的，却想方设法推荐别人的稿子。对东北小小说的发展确实有推动作用。文学需要真诚、纯朴、执着，相信具备了这几点，东北的小小说今后还会走得更好一些。

这次活动，我的任务是用镜头记录。可是当我把镜头一次次对焦在主席台上的袁老师时，看到的是一副萎靡不振的样子。知内情的人告诉我，与会者已经来了两天了，他也陪着喝了两天，快成战士了。与其相对的是，那些来自天南地北的小小说人，在会场的条幅下，以不同的组合，留下笑语欢颜。

许多年以来，我对小小说是仰视的，仰视它的精炼和睿智，深刻和哲理，于小行当中折射的大视野。这次活动，有幸走近这个群体，感受小小说人身上的活力和能量，怎么说也是一种熏陶。

袁老师和他的沙龙，一群有理想爱生活的同道中人，揣着自己的小小梦想，蓄满了能量，正从春天出发，奔向浩大的中国梦。

在朋友圈里，我们称袁老师三哥，每次叫三哥的时候，就像喊自家的亲兄弟。而且越来越发现，“三哥”这个称呼，特亲情，特东北，特爷们。

袁炳发，亦庄亦谐，亦师亦友。

# 许老师，趁我有酒，欢迎你来

许辉先生是安徽文坛的掌门人。仿佛每个省必有这么一位大家来代言，黑龙江有迟子建，陕西有贾平凹，上海有王安忆……对文人我有一种本能的好感,特别是那谦和宽厚的品格，更叫人持敬重之心。许老师就是这样的人。他憨憨地笑着，就像一个邻家的大哥，一副与世无争的模样。

认识许老师，是在合肥。一个中午，香格里拉中心店的半地下的小包厢。FENG 做东，席间有很多位老师级的人物。FENG 请客的原因我好像是后来才知道的。那时她在某报做编辑，有时跟这些著名的朋友们约稿，大家都非常支持，但是稿费不仅低而且经常拖欠。因此 FENG 心怀歉疚，就有了这个温暖晌午的小聚。除了许老师，我和大家都很熟。不过许辉的名气早有耳闻。当时他刚刚有一部新的小说问世，《没有结局的爱情》晚报正在连载，成为餐桌上热议的话题。当时我只读过他的一些散文，并没有看过小说。特别是这部新小说，我充满了好奇，许老师答应回头寄给我。

那天喝了一点啤酒，说了许多话。关于我为什么到安徽，关于我曾经生活过的大别山,关于我已经有了离开安徽的想法。那天我是最后一个到的，又是最早一个走的。

认识了，便关注彼此的文字。许老师的产量高，我只是偶尔有感而发。有一次我在报上发表了一篇小文，结尾是这样写的："一直有一个愿望，有生之年走遍安徽的山山水水，山水之间或许会相逢一二知己，尤其想去泾县，看看还有没有造酒的汪伦，在我乘船而去时会不会有一位像汪伦那样的朋友踏歌送行。"文章到这就打住了。许先生发信息来问，是不是要离开安徽了？

后来真的离开了安徽，因为仓促，并没有跟许老师打招呼。回来后，安定下。有一天乘火车穿过茫茫雪野，内心空旷而落寞。摸出手机，翻看那些转眼之间远在天涯的姓名。翻到许辉，忽然想到，应该道个别。再后来，因为看不到安徽的报刊，自然看不到彼此的名字，就断了音信。

某一日上网，在朋友的博客上看到"淮北佬许辉"。惊喜地奔去，果然是他。留言：山不转水转，水不转人转，人不转博客转。

就这么，偶尔到他的博客上看看。无意中发现有人称他主席。我就想啦，这该是哪个级别的主席呢？一问才知，许先生已经荣升安徽省作家协会主席了。自然免不了祝贺一下。

那些年他的博客上常有人留言攻击作协，其实明眼人一看就知道，只有自身不够强大的人才会去怨天尤人。许老师真是好气量，不动声色，任其存在。他搞活动，下基层，被称为有亲和力的主席。还有人评价，成就很高，身段很低。

照理说，许老师影响力比较大的是小说，而我读他的散文随笔比较多，这与我的偏好有关。他多年来致力于淮河文化的研究与传播，用文学的语言文学的感受表现淮河两岸的风土人情，尤其是对农事倾注了颇多热情。早期作品中，能看到他长途跋涉，靠脚力亲近自然，风餐露宿在田间地头。也有时候走得更远，乘坐长途汽车出行，下了车走村进寨，一路风尘，乐此不疲。近几年的作品中他开始自驾，所到之处，离不开河流、乡村、田野、作物……即便到了欧洲，他的关注点也在人家的冬小麦上。

喜欢许老师的散文，读着轻松，描摹不刻意，有生活气息，而且是原汁原味的生活，这样的画面感大概得益于写小说的原因。轻松的另一个原因是他的散文并不拔高思想内涵，非要给个高大上的主题，其实生活的原貌就已经很厚重很深刻了。真是个聪明人。有时候我会想到写点什么，却又无从下笔，就找一本许老师的书来翻翻，像唱歌一样，很容易就找着调儿了。

最近在当当网购了许老师的新书《每一个日子都温暖如春》，赶巧大自然也春风扑面了，看来冬天与春天只是一本书的距离。

又收到他寄来的《淮河读本》，淮河与松花江，似乎也只是一本书的距离。

如此之近，十余年里许老师却只来过一次黑龙江，遗憾来去匆匆，未及相见。记不得什么时候跟许老师聊到过地产酒的话题，我哪里懂酒，只知道黑龙江有富裕老窖，就盛情地邀请他有机会来喝一杯。最近我知道，我们北大荒的纯粮酒才好。

许老师，趁我有酒，欢迎你来。

# 金萍这个人

关于我们俩的相识我在《让时光雕刻你的样子》里写过，那时她做报纸的副刊编辑，我是独处异乡热爱文学有点小闲情有发表欲的小女子。她的报纸就成了我们的媒介。那时候她身边凝聚着一大批女文青，她把大家招呼到一起，逐渐有了气氛，后来这群女才子成长为安徽省绿色文化学会的中坚力量，成了气候。金萍自然功不可没。如果说当年出走安徽打开的是一片新天地，那么在这书香浓郁底蕴丰厚的大宅子里，还有一进套间，那里聚集着一拨谈天说地品茶论道的女子，单单这氤氲的气息，就足够滋养那段苍茫的岁月了。金萍称得上是我的领路人，对此我一直心存感激。

金萍性格中最鲜明的特点应该是简单。其实她是理工科出身,只因为热爱文学,抵触所从事的专业,就把正式工作搁一边,选择了长期受聘于一家报社。报社需上夜班，且待遇微薄，她跟人低眉顺眼地约稿，无论多大腕儿报社也只是开出千字30元的稿费标准（当然这是十多年前了，金萍离开报社后什么行情就不得而知了），因此她会偶尔码个局子，自掏腰包，请那些自以为亏欠了的作者，诚恳地表达对工作的支持。就是这样一个需要倒贴钱的工作，她做得有滋有味，应了那句话，千金难买我喜欢。可是,对于一个安全感极差眼看就快奔五的女人,总是这么晃悠着确实不靠谱了，单位那头一再催促，再不回岗将没编制。万般无奈，打道回府，做一份企业内部的报纸，工作驾轻就熟，但体制内封闭的气息和某些不良作风，令她种种不适，常常抱怨。其实很多事情很多人，大家都已经习惯成了生活中的常态，睁一只眼闭一只眼，无关乎自己的时候，尽可以不想。即使关系到自己，又能怎么样！金萍却不可以。好像没多久，有四年吗，有一天她在微博里给我留了一段话，每个字似乎都冒着喜气儿："憋不住，报告个特大好消息，我可以提前内退了……当时激动得小心脏都承受不住，自己都感觉到兴奋到脸红。然后大喊一声：幸福来得太快了！……"那时候我没有幸福着她的幸福，兜头泼下去一盆冷水："首先，不是啥特大好消息，退休说明你在步入老年。"她回我："首先，这是我一生中最盼望的事情，比结婚还兴奋。我的幸福感满满的盛不下了……”

简单人的幸福感会在那些无处不在的小确幸中不断攀升。想说说这“简单”的意思，不复杂，无公害，“钻营”的是自己的世界，生存环境再“淤泥”也不会被同污。这把阅历了，按说也到了波澜不惊的岁数，人家依然能为夜班后吃一碗热乎乎的羊肉汤而喜不自禁，并且还到微博上与众人分享。拍下搔首弄姿的大头人像，用修图软件做个边框，往博客上那么一摆，美得哟，没话说。得到一本赠书，高兴得手舞足蹈。冬天的时候女人们聊天取暖，那情那景温馨和煦，大家计划下次相聚应该是春节期间，金萍于是很认真地做起了打算，初一到谁谁家，初二到谁谁家，一直安排到初五。一老大姐问，那我们只能在轮到自己家的时候待在家里一天喽。她便跟着众人的取笑边嗑瓜子边嘿嘿地傻乐。她当年奚落我：“自从有了数码相机呀，好像人人都可以当摄影家了一样。”后来自己也弄个卡片机到处拍拍拍，博客上贴贴贴，旁人不能以专业的眼光去评价，实际她记录的是内心那一刻的温情，还有照片后面的澄澈。

她的快乐是透明的，忧伤也是透明的。有一回我俩之间发生了矛盾，我对有些事情无意识地选择性遗忘，猜想一下大概是我那些年说话做事直截了当，不懂迂回，不小心伤到她吧，反正她难过得茶不思饭不想，甚至于泪水涟涟，多日卧榻。想她那时的情状，竟像恋爱中的人一样。一个柔软的人同时也是个脆弱的人。她看不得伤害，意外，战争，甚至不相干的人的悲惨境遇。有时候她听同事议论新闻事件里死了多少人，会远远地躲开。她从不敢看电视节目里报道的地震等自然灾害的图像。有那么一些日子我读胡兰成写张爱玲、白落梅写张爱玲，还有张爱玲写张爱玲，跟她聊起，她说这种东西碰都不敢碰，太寒凉。我只能靠想象去感受她碰了以后有多难过。

她的幸福往往是十五六岁的幸福，她的忧愁也是十五六岁的忧愁。

作为副刊编辑，金萍的文学功底毋庸置疑，偶尔也会洋洋洒洒地写些文字。我常鼓励她。我这么说颇有点自不量力的意味，但事实的确如此。写字儿是辛苦而寂寞的，她不愿意难为自己，这十分符合她的性格。我在微博上摘录了一段关于尼采和他的朋友分道扬镳的片断："这一年，尼采与他大学时代最亲密的朋友洛德之间也产生了隔阂，导致了后来的破裂。尼采与洛德，同为李契尔教授的高足，可是两人志趣迥异，洛德脱不开世俗之路，当学生时也有一番雄心，毕业后，洛德满足于平稳的学者生涯和小家庭生活，终究不过是一个平庸之辈。尼采却始终保持着青年时代产生的使命感，灵魂不同，自然就没有了共同语言。"金萍留下一句话："哈，那个平庸之辈也许很幸福。"那一刻我被深深触动。是的，永远都在探寻人生意义的尼采，穷其一生的孤独和苦闷，换来一个“伟大哲学家”的称号，真的值得效仿吗？那个洛德是无可指摘的，有时候，越是世俗的，往往就越是脱俗的。

金萍有佛相，温婉、随和都写在她那张脸上。我不会相面，也许就是因为彼此经历的事多了才会越发觉得那是有佛相的脸，散发和善的光泽。她对人从不设防，心无城府，她会把此朋友大大方方地介绍给彼朋友，心无芥蒂。有人会把这当成资源，当成社交手段，她不是，谁和谁聊到一块了她看着直乐。她多年与守寡的婆婆生活在一起，婆婆性格较真，同时又管理家务，带孙子，能干的人对自己都自律，对他人要求也高。我去她家，她婆婆拽着我参观金萍的房间，你瞧啊，这个乱，收拾一回没两天，又都乱七八糟的了，烧壶开水都能把水壶底烧漏了，去个厕所半天不出来，晚上不睡觉，早晨不起床，那么多衣裳可以穿怎么又买新衣裳……她婆婆这么数落着的时候，她会慢条斯理地应付：“嘿，这回您老人家可找到同盟了。”其实我也就某件事情批评过她，她给我的评价老高了：“你怎么像我婆婆一样啊！”金萍在生活上确实不拘小节粗枝大叶，但她的简朴已经到了没法再简朴的程度了。我俩出去吃饭，店家赠送的一小碟辣白菜最后只剩下三两片，她这主张绿色消费的主儿一定要打包的。平时她的钱包里是不放多少钱的，一二百块了不得了……来东北的时候，倒是背了好几个包，我也不知道她皮箱里带那么多包干吗，我说你这布包都磨损得不像样子了，该换换了。她很奇怪，挺好的呀，还能装东西，我一直喜欢这包包。我说你也得为别人想想，两个人出门，你这么不讲究。哦，她恍然大悟，你们东北人就是虚荣！好嘛，打击一大片。

金萍曾要求朋友写她一定要表现高大上的形象，并以转载到她的博客为奖励。不过人无完人，真写成高大上也就虚假了，我的原则是凸凹有致，有血有肉，还得有骨头。

金萍的永远迟到几乎是她留给所有人的印象。单位出去旅游，她奔至站台恰好火车快要启动。然后人家灵机一动，预谋打的士追火车。火车抵达下一站将在几十分钟以后，的士能否追得上这事儿有点悬。推波助澜的桥段发生了，司机师傅的胆量真了得，竟接下了这单生意。火车在铁轨上轰隆隆地疾驰，这边红色桑塔娜杀出站前广场的重围，剥离城市的繁杂，穿过尘与土，伴着云和月，居然在火车进站前赶到。追火车成为金萍迟到史上的一壮举。追飞机也是有过的，她老人家看错时间，人在西安，机场可是在咸阳，也是遇到一个不要命的司机，一路惊险，顺利登机，具体情节不赘述了。平时朋友们的聚会她就没准时过，大家都曾想过办法，要不，我们把约会时间对她提前半小时？最要命的是她做东的一次，人迟了就迟了，还不带银两出来，连车钱都付不出……此处省略200字吧。请人看音乐会，半路发现票忘在家里。那年来东北住在我家，我约了我的朋友和我们一起吃饭，出门的时候就迟了，迟了是因为她一直耗在电脑上，锁了门发现这个人忘记穿外裤了。此处再省略 100 字。

人的性格中有一种无形的平衡，凡事要求完美，对人对己都持有标准，此人必定棱角分明，缺乏亲和力。同样，一个温和的人，宽怀的人，很难争强好胜，严谨处世。

多年以来，在相见或者怀念的日子里，能够不离不弃，除了在彼此身上能够看到光芒，或许还有一种宿命，我五行缺金，而金萍，可能就是那个补“金”于我的人。

## 冰城馨子，爱的路上千万里

我们可以想象有一架摄像机从浩瀚的宇宙遥遥地俯拍下来，落到地球的中国版图上，又继续向东北部的黑龙江聚焦，镜头继续向北，向下摇过来，山川的风貌更加清晰，一个地貌奇特的地方占据了整个画面，这个地方叫五大连池。然后，春夏秋冬风一样地切换，一个走起路来风一样的女子出现在画面中。她就是冰城馨子，一个热爱摄影的人，热爱写作的人，热爱旅游的人，热爱博客的人，当这些热爱集于一身的时候，一个特定的个体的出现就顺理成章了。

《爱在五大连池》是冰城馨子的第一本书，她用摄影、文字的表现形式呈现出五大连池缤纷的四季，既有强烈的视觉冲击力，也有丰厚的人文价值，还是五大连池详实的旅游攻略。应该说这是冰城馨子多年行走的一个节点，有着里程碑的意义。当然也只是她行程的缩影——就像她踏遍万水千山其中的一个脚印。

她个子不高，身材匀称，通常情况是一身户外装打扮，但着装有色彩感，让你觉得她就是大自然中的一部分。一只红灰相间的背包，很旧，但她说就这个用着方便。她从前用索尼的照相机，现在用5D3，很少像摄影师那样带各种器材，几乎是一镜走天下。她出门的时候会随身带几块巧克力啥的，饿了累了就在烈日或风雪中咬几口，这种风餐露宿的品质在很多摄影人身上都不难发现。说她是风一样的女子，是真的脚下生风的感觉，不知疲倦。说起来也是五十几岁的人了，登高爬坡一点都不犹豫。拍照也利落，走到一个地方，“嚓嚓嚓”按下快门，走人。当然不是潦草，时间久了，经验在那儿呢。我问过，怎么练就这本事的，她说，有时候跟着这个旅游团那个媒体的出去，人家都走远了，哪有时间等你在这儿精雕细刻，看准了就拍，拍完了就走。作为新华社特约记者，馨子的记者素质绝对具备。她到了一个地方会进行全面记录，比如吃饭的时候，大家奔波到肚子咕咕叫，她还端着相机记录当地美食，并非她不饿，而是没有别人贪吃罢了。

她一直说感谢博客。感谢博客培养了她的爱好，感谢博客让她结识了那么多志趣相投的好朋友。我和她是通过博客认识的，我也感谢。那些年写博客很风靡，从前有个词叫“笔友”，博客里相识的朋友就是博友了，随着后来自媒体的不断翻新，大部分博友销声匿迹，去寻找新的玩法，留下的像大浪淘沙一样，彼此还在这个空间里来往着，激励着。不说坚持，坚持是被动的，是热爱。后来谈起某个才华横溢的女子搁笔了，她还为人家深深遗憾。

有时候在一些非公开场合我会开玩笑似的说，我见证了冰城馨子这些年的成长。在这样一个公开场合，我还是要说，这是事实。

我们刚认识那会儿，她还主要拍哈尔滨，当时已经有点小名气。她博客的关注度颇高，被称为“民间宣传哈尔滨第一人”。可以很肯定地说，她只是在玩摄影，玩文字，玩博客，用以打发俗常的日子，并没有多高远的目标。可是你要相信，玩也是可以玩出成就的。先是被总部在美国的某网站聘为旅游帮手，后来成为新浪网的旅游达人，旅游市场越发火爆的今天，各地做旅游宣传的也意识到了网络的重要性，甚至包括旅行社、酒店也会邀请她去体验，呼伦贝尔聘请她做宣传大使（不是这个名头，大约这个意思吧），哈尔滨市旅游局好像也授予了什么称号，我不记得，也不去求证具体什么称号了。还会有些我所不知道的，对于馨子来说已经司空见惯。

多年来她几乎每天发一篇博客。有时候要外出拍片，会提前编辑出几篇留在那里。没有人给她提要求，完全是自觉意识。有人会有疑虑，哪有那么多内容要发呢？实际不是这样，她的片子很多都存放在那里，发不完啊。旧的片子没发完，新的又拍出来了。据说有很多照片还没有见天日呢。

后来她愈发地忙了，朋友们有时候邀约聚一聚，一张嘴往往会问最近在家吗。她不在家很正常，不是跑国内，就是奔国外，不是黑龙江就是内蒙古，不是伏尔加庄园就是太阳岛，不是在路上，就是在博客上，嗯，在博客上就算在家了……确实忙，要拍要写要给杂志网站在浩瀚的片子里找需要的素材，我有时会因为要去个什么地方跟她咨询，打电话之前会犹豫，早晨会想，起床了吗，傍晚会想，这是摄影的黄金时间，分秒都金贵，她若在写博客又会打断思路……顾虑往往很多余，她会很详细地跟你介绍景点及路线，甚至另外打电话咨询她熟悉的旅行社，跟人家谈价格，再给我反馈回来。但是我这人有点不靠谱，人家帮着打听了半天我又改变方向自由行去了，心里隐隐地自责。馨子却并不介意。你一定要相信成功者的心胸会越来越宽广，不会在小事上计较。她的心里装着日出日落河流山川，没有地方装细碎的飞沙走石，据我观察乐于亲近大自然的人都这样。我若有什么事，她会有求必应。我朋友的公司新建了办公楼，需要一些摄影作品，馨子毫不犹豫，拿去。若是在前些年，我也不会有丝毫过意不去，现在不同了，这些片子不仅有艺术价值，还有经济价值。但是她心里更明白，情义无价。

跟她在一起，明显地发现，她呈现出一种明星势头，不是她自身，而是别人对她的印象。好几回，我们一起出去拍片，会有人主动搭讪，诶？你是冰城馨子吧？有一回很有意思，遇见一男一女，也背着照相机，很惊喜地打了招呼热热闹闹聊半天还合了影之后告别，兜兜转转两人又追上问照片是不是要发博客，虽然语焉不详，我们还是心领神会，隐私还是要保护的。

馨子这些年的经历不仅是一种自我的完成，更对周围人产生了不可估量的影响。没有馨子，我不会摆弄照相机，不会那么执着地看夕阳，不会把食物变成图片同时变成文字，不会乐此不疲地行走在大街小巷……这世界有一些相遇猝不及防，有一些相遇只是擦肩而过，也有些相遇成为我们的道路。道路有很多种，有的道路用来吃饭，有的用来交换利益，有的用来充实精神世界。

馨子走在一条充满爱的道路上，她开阔自己，惠泽旁人。

我们完全有理由相信，馨子要走的路还远，将来还会有爱在小兴安岭，爱在镜泊湖，爱在哈尔滨，爱在呼伦贝尔……爱的路上千万里，你要幸福地走下去。

# 等一本书，想一个人

雪女的诗集出版了，书名叫《无尽的长眠有如忍耐》。我在有生以来最严寒的隆冬时节，等她那一本书的到来，像是在兵荒马乱中，等一艘载满越冬粮食的船。

二十年前，与雪女相识在安徽合肥。还记得她当时的模样，穿着简约的棉布衣裙，短的卷发，不化妆，眼睛却极有神采，跟长长的真睫毛一配合，洋娃娃般的忽闪忽闪，使得一个三十多岁的女人，看上去有一种清淡纯真的美。她拉着儿子，面目白净单眼皮不太爱吱声的小男生，小男生那时候七八岁，有个很诗人的名字——独行。

说不上一见如故，却因为彼此都来自黑龙江，心理距离自然拉近，又因为我们都是奔着一份感情而去，就有了惺惺相惜之感。很自然地成了一个圈子里的人。

安徽历史厚重，文化气氛活跃，文化人有责任担当。当时我们同在安徽省绿色文化学会，这是个民间组织，由美学家郭因先生发起，倡导人与自然、人与人、人与自身的三大和谐，现在看来，这个美学理念极具前瞻性，“和谐社会”已经成了今天的主旋律。当时我们都年轻，在一些老学者老作家的眼睛里是叽叽喳喳的一群，但就是这样的耳濡目染，让我们成熟起来，成长起来，雪女在这个群体中脱颖而出，成为中坚力量，她写诗歌也写随笔，组织活动，拉赞助，摄影，颇有些大姐大的风范了。学会刊物《绿皮书》，倾注了她大量心血。

其实雪女的骨子里最重要的角色还是母亲。独行很小就开始学钢琴，学画画，过来人都知道，这是一条劳民伤财的路，学琴学画要人陪同，学费不菲，是一项旷日持久的浩大工程，而且，未来怎样难以把握。雪女的韧性就在这里，她大把的精力投入进去，毫不犹豫。买钢琴，不断地给孩子找老师，花高价去看理查德·克莱德曼的演出……培养儿子成了她的信仰。独行的生日很好记，2 月 14 日，那些年孩子的生日我总会发个信息，也是借此问候雪女。独行高考的时候，雪女自知口袋里那点钱在这样的汪洋大海里扑腾，实在不知深浅。国内艺术学校的有些规则，她是整不明白的。便决定报考国外的学校。

大概是独行2010年的生日，我给雪女发信息，她告诉我正在北京，独行将在第二天晚上七点飞意大利，独行的艺术梦，落在了罗马。不知道如何形容那一时刻我的心情。这是她盼望的春天，却并非桃红柳绿。我想到，未来，她会不会孤独。次日晚上十点，我知道飞机已经向着阿尔卑斯山方向去了，信息给她，我说，你要坚强。她回，儿子登机前，我拥抱了他一下，我没有哭。

我却再也止不住泪。无论如何，春天来了。

雪女原名胥永珍，六十年代出生在山东，3岁随父母来到黑龙江生活，29岁移居合肥。她性格中有黑龙江人的大气直率，也有山东人的耿直。有一年国庆节，她准备回家乡接父母去合肥定居，经哈尔滨时在我家小住，问我可愿意一起去宝清，然后我们就一起出发了。在宝清，她热情的同学们一路相陪。吃饭的时候，大家都斟上酒，我知道她不喝酒，通常情况下，看到主人如此盛情，客人是应该象征性地倒上一点有所表示的，可她说什么也不喝，而且也没有任何理由，要说有的话就是从来不喝酒。场面小有尴尬，我说，我喝吧……去七星河湿地的路上，赶到中午吃饭时间，她的一位好客的同学据说想方设法花高价点到了一份野生林蛙，先是样子就把她吓了一跳，然后问是什么，听说是保护动物，面目当即就严肃了，把我们绿学会的宗旨都拿出来给大家宣讲了一番。当然，她一口都没吃。

我在宝清待了三天，与她的同学也混熟了。她接了父母去了合肥，我们再也没有相见，倒是雪女的一位同学，也是文学前辈，每年来哈出差，都能见到那么一两面，每一回，我们都会提起雪女。

# 我读《咱们学生》

认识艾苓的时候，她是中学教师，现在，她是大学教授。这中间，她也走过其他道路，但不是弯路，是丰满人生的途径，是一个作家成长经历中的沿途风光。

用艾苓的话说，她供职的学校几乎处于中国高等教育的神经末梢，学生多是贫寒子弟。艾苓又恰恰也是从这所学校毕业又几经周折回来任教，她对母校的情感，对学生们的关注，加之作家的视角，使《咱们学生》承载了一个师者期待的目光、一个作家的悲悯情怀，可谓意味深长。《咱们学生》所描摹的学生群体，是作为教师才能看到的视角，却又不是每个教师都能够用心体察和感悟的，与其说艾苓聪明，不如说纯善，因为她与学生的交往有担当，重情义。

作家看待生活、面对工作的态度与众不同，艾苓教的是新闻写作课，但是她不仅传播专业知识，还指点他们的人生，规划他们的人生，《成长协议》里的甲方和乙方让人忍俊不禁，又感慨其用心良苦。我曾经以为，大学生都已成年，也应该逐渐成熟起来了，后来才知道，成熟与否跟年龄无关，在适当的时机被适时地点拨和引领，也许会很快觉醒，反之，靠自己迟钝的觉悟，受这个世界光怪陆离的迷惑，也许就此混沌下去。会有很多家长希望自己的孩子能担任班级干部，锻炼能力，更有一些隐晦的心理，希望孩子将来也能升官又发财。艾苓跟她的学生交流，建议他当班干部，后面又跟了一句，这样可以学会从另一个角度看问题。不能不叫人钦佩！这才是当干部锻炼自己的真正意义所在。艾苓在许多学生的青春里承担着灯塔的角色，贾春联同学这样说："一位老师对一名学生的爱，不惊天动地，但却影响了我的一生。"无疑，艾苓应该是快乐的。

艾苓的目光在咱们学生身上，又从学生身上看到他们背后的来路，因为这来时路的贫寒，使得他们的成长更为艰难。身体上的，心理上的，经济上的……他们挣扎，她尽力疏导。就是这样一批学生，他们在同学患有尿毒症的时候众志成城，向社会发起捐助，有的学生拿出课余时间打工的积蓄，有的学生即便自己靠助学贷款读书，依旧使出洪荒之力……艾苓自己也动员亲朋好友奉献爱心，我那时虽也无助，但毕竟身体健康，内心硬朗，做了一点小小的奉献。后来艾苓的文章《谁该做慈善》在《读者》杂志转载。

艾苓不仅关注学生的来路，更关注学生的去向。她做班主任的时候跟学生有十年约定，毕业的时候，她告诉他们：“还有六年，到时候我登门核对。”学生们支教的题材占了该书很大篇幅，关键词是艰苦、乐观、青春无敌。但是在这些正能量后面，我也读到了辛酸。支教地的孩子，看到老师来了先问老师你什么时候走啊？称来这里的老师们都是小小的一片云，只是暂时停下来。通过咱们学生支教的目光，我们看到，女孩子说辍学就辍学，不到十六岁就结婚生子。八年级的孩子会在课堂上问老师“战争”的“战”怎么写。有电视台去做支教纪录片，片子审核未被通过，原因是条件太艰苦，影响本省形象。

作为一个老师，很多东西是无奈的。《我爸妈说》这一篇，艾苓依旧娓娓道来，主人公的偏执叫人愤怒，家庭教育的不当直接导致孩子人格的不健全。《谁为她开门》一语双关，直指孩子成长中为人处世教育的缺失，在该学会开门的时候没有人教，也许是不具备条件，需要的时候，已经错过了最佳时机。这种无能为力，对一个有责任感的老师来说，多么难过。

从《咱们学生》这本书，我看到的是一个平凡的老师的快乐和疼痛。

# 听许巍，从秋天到秋天

听许巍的《两天》，并没有听出如何的好。倒是筛掉旋律，剩下的一行行歌词，叫人看了句句惊心。“我只有两天，我从没有把握，一天用来出生，一天用来死亡。我只有两天，我从没有把握，一天用来希望，一天用来绝望……”这是许巍的早期作品，让我们看到早年的许巍在希望与绝望中挣扎，呈现出生命的一种无措状态。摇滚作为音乐界的象牙塔，非一般创作者可及，除了音乐天赋，还需具有敏锐的洞察力和深刻思想性。摇滚的表现形式几乎是激情的颓废的愤怒的狂野的纠结的……而许巍的摇滚，都不属于，他只是在诉说。他在《两天》里说，我想飞，可还是飞不起来，秋天还是秋天，依然美丽凄凉……

许巍是个为音乐而生的人。16岁开始爱上摇滚，为音乐去当名不副实的文艺兵，退伍后花光复员费组建乐队，终因开销问题解散。之后漂至京城，却并不如意，生活困顿，理想渺茫。

他那么热爱秋天的太阳。阳光对于一个创作者来说就是希望和灵感。在许巍心里，秋天是个温暖的现实，但与渺茫的理想相遇，敏感的许巍就显得虚弱无力了，《青鸟2》这么唱："秋天明媚的阳光，依然照耀着我那遥远不尽的幻想，秋天明媚的阳光，依然照耀着我那遥远不尽的悲伤……"

很长一段时间，他焦虑到无法坚持创作。他坐在五楼午后的阳台上晒太阳。阳光无声地向西移动，他就把椅子向西移一点，阳光离开了阳台，他就扒着栏杆够外面那一抹夕光。在那些迷失自我的日子里，他竟顽强地追着光，追着梦，追着潜意识里的渴望。《方向》这首歌，应该是那一时期的写照："你坐在朝西的阳台，让寂寞随黑夜袭来，任那寒冷的秋风肆意，吹乱你为爱等待的心……"

他有个了不起的妻子。妻子在他生病的日子里，把家从五楼搬到了郊外的一处院落，为唤醒许巍的音乐感觉，她打电话请来许巍的朋友臧天朔等人，朋友们真够哥们，从北京到西安，他们在他家的院子里安营扎寨，喝酒聊天，吹拉弹唱，一住半个月。这个了不起的女人，照顾十几个男人的日常起居，洗衣烧饭，大家硬是把迷途中的许巍拉回到他的旋律里。一首著名的《故乡》，表现了许巍这一刻情感："天边夕阳再次映上我的脸庞，再次映着我那不安的心，这是什么地方依然如此荒凉，那无尽的旅程如此漫长，我是永远向着远方独行的浪子，你是茫茫人海之中我的女人……"

有些人生的曲折似乎是一种铺垫，是宿命中的必然，有了它才有瓜熟蒂落的时刻。许巍的音乐苏醒了，许巍的心也有了真正落脚的地方。《故乡》严格地说是一首诗，意象丰满，叫人看到一个浪子漂泊后蓦然回首的感慨，万水千山在这里升华成了饱满的咏叹。生命应该有一处让自己踏实的角落，那个地方叫故乡。离开过故乡的人有过刻骨铭心的失落和空虚，回到故乡的满足感，只有心知道。

听到《九月》时候，我是感动的。无论现实多么骨感，依然挡不住对远方对未来的向往："在这个九月阴郁的下午，我想要离开这浮躁的城市，我决定去海边看一看日落，让秋日的海风使我清醒……有一些希望和理想，总在心里是最美的旋律，到如今它再一次响起，又飘荡在我心里。"

许巍的曲风在逐渐趋于稳定，清新了，平静了，安详了，让我们听者的眼前总是浮现这样的画面：一个并不英俊的男子，坐在秋天的海边，哼着酝酿中的曲子，有夕阳的光芒慢慢濡染，天空变得华丽但很低调。晚风习面，并不英俊的男子手插裤袋，悠悠地踱回家去，抬眼望时，定格在一扇灯光暖暖的窗前。

听听《秋海》吧：“黄昏的海风吹起，轻拂我此刻舒缓的心，天边金色的夕阳，将这温暖的时刻染红，倾听飞鸟的歌唱，心随大海的节奏起舞……”

同样是秋天，这时的秋天已不是那时的秋天。

其实我最初听许巍的歌是从《完美生活》《蓝莲花》《曾经的你》开始，那真是久违了，仿佛从我的前世来，想起曾经，想起青春，想起纯真。旋律的从容让每一个走过青春的人产生共鸣，有温暖自心中缓缓升起。较之于他早年出道时的作品，我更喜欢这一时期及以后的。

2012年的专辑《此时此刻》，许巍已经彻底脱胎换骨。听这些音乐的时候，歌词和旋律里的平和、喜悦，远离了尘嚣和浮躁，他仿佛沉淀在了秋天和煦的光影里。专辑中的每一首歌都堪称经典，每一首都百听不厌。适合塞着耳机走进晨光，适合长途旅行的大巴上，适合城市拥堵的下班途中，适合背着行囊行走在异乡傍晚的余晖里。据说有人遗憾，说许巍不摇滚了。我还真不明白，只有歇斯底里才是摇滚吗？这个问题我没有发言权，我只是喜欢这种平静的诉说。那样的时刻，身边的光阴，也是平静的了。

我在一个秋天，那是北方最好的时光，伴着这好听的歌曲，游荡在有着妖娆树木的大山。

“再次生起悠然的向往，是你给我宁静的感觉，在我如此深爱的季节，又见九月的江南……”（《灵岩》）

“梵音缥渺在耳边，回旋在天际，多么难舍的九月……”（《喜悦》）

“你是我生命中的世外桃源，此刻我在远方思念你，九月的海风轻抚这秋天，如梦的旅程因你而觉醒，我看到终点清静而光明……”（《世外桃源》）

在一个人的一生中，秋天和秋天是不同的，能从凄美的秋天走进温暖的秋天，是能力，也是运气。那运气是因力量而推动的，可能来自于自身，来自于亲人，来自于朋友，来自于我们尚不明确的世间万物。

许巍，像我一个离家在外的兄弟，我在北方的九月，祝福他秋安。

# 画画的女子叫郝丽

我没见到郝丽，见到的是她的油画、版画和泥塑，还有她的二姐。

九点钟的时候我们到达798。店铺们还没有纳客。门上的营业时间基本都注明十点或十点半。才醒悟，搞艺术的人多习惯夜生活，这会儿应该惺忪着眼睛呢。就沿着冷清的街面闲逛。

798是艺术家聚集的地方，有北京的，也有北漂的。在这个五十年代的老厂区，借原有的建筑风格，据说那叫德国包豪斯风格，稍作装饰，便发展成了独具品味的艺术广场。这其中，有很多画廊。

郝丽画廊的红色铁皮门却敞开着。这让我们惊喜。

不懂画，并不影响我们欣赏。目之所及，满是浓郁的乡土气息。笔触粗犷，色调重彩却深邃，久违的原生态，有厚重感。表现的内容淳朴，但是野性，浪漫，还有激情。那些人物的脸上，有着土地的质感和乡村的沉实。大多画的是女人和孩子，她喜欢给女人们穿上红衣裳，这是不是一种对华丽懵懂的渴望呢？她们的眼睛都明亮而清澈，可是从身体的曲线来看，那眼神儿又似乎蓄存了忧伤和梦想。

偷偷地端稳相机，对准的却是禁止拍照的提示。快门还是“咔嚓”一下响了。画廊极其安静，“咔嚓”声极其响亮。半天，看店的大姐没有反应。又按动快门，拍下下一张。依然没有制止。便对自己的过分产生隐隐的不安。虽然我没有什么恶意，但是既然禁拍一定有禁拍的道理。走过去，跟大姐聊起来。

她很乐意谈郝丽。指给我看案上的一本又一本画册。翻开，指着照片，告诉我这个是郝丽在河北老家的村子，这是全家福，这是大姐，这个是我，我是二姐……

自然会问到郝丽是怎么走上绘画道路的，是像现在的孩子一样从小就开始学了吗？二姐毫不讳言，我们那么穷，哪里会想到学习画画呢？当年郝丽从家里出来打工，在人家家里做保姆，主人是个画家，就这么跟着学了。就有了兴趣。后来去八一电影制片厂帮忙。又后来考上了中央美院。后来不断有作品在国际上获奖。后来在国内外开办个人画展。后来连美国驻华大使都收藏了她的画。后来法国总统萨科齐的朋友收藏了一幅《爱情旋舞曲》，送给当时单身的总统，祝福总统尽快获得新的爱情，那之后一个月，萨科齐就传出了新的恋情。

简直在听一个传奇故事。缺少爱情的人，是不是需要去收藏一幅郝丽的画？

二姐的讲述是平静的。平静得像讲一个平凡的故事。忽然就理解了画作中女子们的眼神，那么纯情却无处安放的目光。在郝丽的来路上，她该是如何坚忍着、彷徨着、寻寻觅觅地坎坷而来呢？

那个激发郝丽绘画潜能的人，我用无尽的想象勾勒他的样子。虽是虚无的影子，却让我实实在在地敬重着。

我的生命中也有这样一些贵人。那是我的一道门，一扇窗，一缕阳光。也许不至恩重如山，却也点滴在心。

我没见到郝丽，见到的是她的油画、版画和泥塑，还有她的二姐。

第七辑

# 食事

每一种食物，都应该有它的成长史。有的我们能考证来源，有的在岁月行进的过程中已无从追溯。或许此时此刻，正有新的美食在酝酿，因为某种机缘巧合而诞生。

## 东北爷们的下酒菜

那时候我奶奶做完了晚饭，又在那口无比大的锅里茬猪食。我爷爷坐在屋里的炕桌旁，招呼着大孙女，过来陪爷爷喝二两。我奶奶端着一碗小米饭摆在我跟前，瞪了我爷爷一眼，别（东北话，读第四声）扯犊子了，喝你的吧。

我爷爷哈哈笑着，来，不喝酒就吃菜，挑了几条“小麦穗”中的“大”麦穗搁在我碗里。

这“小麦穗”是松花江里的一种小鱼，我爷爷家附近有江汊子，那些年吃的确是实实在在的野生鱼。我无法叫出它的学名，大小仿若麦穗的长度，村人们都称“小麦穗”。在我看来，“小麦穗”像女人的小拇指，小麦穗中的“大”麦穗像男人的小拇指。还有更小的，像我们小孩儿的小拇指。所以我给这东西取了个名字就叫“小手指头”。

我奶奶做麦穗鱼的方法很纯朴。炝锅，挖一勺自家做的黄豆大酱，略微翻炒，添水，把拾掇好的鱼倒进去。灶坑添柴。燃烧得差不多了不急着再添柴。让鱼在锅里焖着。看看锅沿冒出来的热气一点点地微弱了，才又添柴。热气又顺着锅边争先恐后往外钻。我在成年以后思考过这样一个问题，现在的吃吃喝喝一律用燃气啊电啊完成烹制，工业时代的生活方式比照农耕时代先进了，却也少了大自然的味道。我奶奶添进灶坑里的玉米秸，那东西迎风沐雨，从春天的播种到秋天的收割，到冬去春又来，看似枯枝败叶了，实则装满了清风明月光，装载了春华秋实，只要想一想，锅底下燃烧着的是那么丰厚的岁月，“小麦穗”的香气就更加浓郁了。这时候鱼香和酱香就顺着敞开的房门飘进里屋飘出院子。晚霞里那些刚从甸子里回来的牛啊羊啊，拉扯着一大帮孩子在捡食的母鸡，踱着四方步抻着脖子嘎嘎叫的白鹅，还有夜晚值班此时悠闲的大黄狗，都呼吸在这气息里，无限美满。

最陶醉的是我爷爷。霞光从老式的木格子窗投射进来，落在绛紫色的炕桌上，形成一块块变了形的光影。白瓷酒壶长得像穿长裙束腰的女人，只是没有头，爷爷往小酒盅里倒满一杯叫做“小烧”的散酒，一仰脖，干了。夹起一尾“小麦穗”，很满足地嚼着。不由得感慨，大孙女，咱这日子好啊！我那时也不过六岁，我对于岁月的“好”印象应该就是那样一个场景：霞光，酒壶，香喷喷的“小麦穗”，乐呵呵的我爷爷。

记得爷爷一喝酒，一顿饭的时间就尤其长。“小麦穗”的刺已经被焖烂，不需要吐刺。它们一条条游进了我的肚子里，撑得直打饱嗝。我吃完了，就摆弄那只女人样的酒壶，我奶奶喂完了猪们，端着碗上桌了，我爷爷已经开始云山雾罩了。每一次喝酒都会重复相同的内容，大概是酒仙们的共同特点。我爷爷常说的是，大孙女呀，将来挣钱给不给爷爷花？我会很配合，当然是要回答“给”的。还有，大孙女呀，将来爷爷岁数大了，养不养爷爷的老啊？我依然很乖，给爷爷养老！我爷爷便很高兴，摸着我的脑袋，夸赞着，我这大孙女，将来一定有出息。

直到我奶奶的饭也吃完了，我爷爷还是意犹未尽。那时的情形，可能会吃着吃着喝着喝着就来了乡邻，有人会陪着说会子话，有人也会被添上一只酒杯整两口。我爷爷便指挥着我奶奶再掂掇两个菜，我奶奶虽不情愿但是个典型的逆来顺受的老太太，叨咕着，那我打个鸡蛋酱去。

我便跟着我奶奶下地儿。我奶奶刷锅，打鸡蛋，我没头没脑地把清风明月春华秋实添进灶坑，歪着脑袋看它们在里面“哔哔剥剥”地热闹着，烤得两个脸蛋子热乎乎的。很快，鸡蛋酱就做好了。

跟奶奶到了院子里，天空已经呈现靛青色，月亮不知道被谁挂上了天。奶奶移开菜园子的篱笆门，嘱咐我等在门口。一会儿工夫，她的灰布围裙里兜满了黄瓜、小辣椒、香菜，小葱，臭菜，柿子。我们来到水井旁，用那只粗糙的黑色胶皮桶打上来一汪清亮的水，麻利地洗净，直接用盆端了，连同一碗鸡蛋酱，放上炕桌。

鲜亮的蔬菜们，刚刚淋过清冽的井水，在灯光并不明亮的夏日夜晚，在七十年代末一户农家的小炕桌上，似乎照亮了我的儿童时代。我爷爷的酒开始进入下半程。我也像我爷爷那样，拎起一根香菜，对折，对折，再对折，筷子一夹，手不听使唤，就散了，索性不用筷子，就用手掐着，蘸一下鸡蛋酱，只抹上了酱，没有鸡蛋，我爷爷拿筷子夹了鸡蛋放在我的香菜上，我小心翼翼递到嘴里，羊吃草一样吃掉了。

我爷爷这时候的酒不像开始时那么整杯整杯喝，而是一小口一小口地抿了，蔬菜吃得特别的多。一根旱黄瓜，三口两口就消灭了。尖尖的小辣椒，我闻着味儿都辣得不行，我爷爷依然蘸着酱“咔咔”地嚼。

我呢，终于吃不动了。大人们唠嗑我也听不懂。也不记得除了酒壶我还会玩些什么，反正后来玩着玩着就睡着了。我爷爷的酒什么时候喝完的，我也不知道。

## 至味开江鱼

“开江”是个地域色彩很浓的词，黑龙江的大江大河每年要经历五六个月的封冻期，当春风刮起来，沙尘卷起来，冰面就复苏了，像一个顽固不化的汉子，终因外界的变化而受到触动，内心开始觉醒。

开江有“文开江”和“武开江”之说，文开江就像文火，慢慢地开化，化得无声无息。武开江则不同，或许也是文了多日，会在某一天忽然一声巨响，大江裂开，冰块撞击，惊得鸡飞狗跳，声势浩大地开始了日夜奔流。

沿江的人们在春风吹来的时候,唇齿间都隐约着盼望之情,对江湖的事情，此时颇为敏感，吃上一顿开江鱼，满足的不仅是味蕾的需求，更是四季交替中对自然的认知和向往。

冰下的鱼，耐了一百多日的饥寒与寂寞，仿佛一种修炼。这时的鱼，身体里没有了过多的脂肪，废物排放得相当干净，肉质紧致细密，其鲜美程度只要从“开江鱼”这一专有名词去想象，就不难体会它的与众不同了。

开江鱼最为著名的可以概括为“三花一岛”“五罗”“十八子”。且说这十八子，尾音均以“子”命名，鲤鱼叫鲤拐子，鲫鱼叫鲫瓜子，鲢鱼叫鲢子，还有船钉子，柳根子……“子”在此处都读轻声。这种叫法大约同东北人与人之间交往的称呼有关，他们会很亲切地喊熟人“小李子”“二柱子”“大颖子”，是否这样来历，没有考证过，我猜的。

据沿江老辈人回忆，那些年每到开江时节，会有资深垂钓人士，揣了两个玉米面饼子，带个小焖罐，三三两两扎到江边，一坐就是一小天儿，傍晚的夕阳中，捡几块砖头石块，垒起七星灶，添了柴，点了火，焖罐煮三江，然后就着夕阳下热气腾腾的鱼香和烧酒，感慨一番，江湖确实险恶，但至味也出自江湖啊。

说到烹调方式，野餐的吃法不具普遍性和代表性。居家的吃法以酱焖最多。十八子中有一种叫嘎牙子的鱼，一拃多长度，没见过超过两拃的，黄褐色花纹，头大嘴扁，有些野性。虽是江湖出身，但是皮肉贵气，肉白而细腻，不宜油煎，直接热油炝锅，把大酱炒了，不是酱油，是东北人怀有特殊情感的黄豆酱，添水烧开，加好各种料，嘎牙子入锅，小心翼翼地焖。这鱼没有多余的刺，适合老人孩子，鲜香程度无与伦比，在东北尤为著名。补充说一句，你若来东北点一道酱焖嘎牙子，说明你旅游功课做得不错，你若点鳇鱼炖土豆，那就是道听途说了。

再介绍一种久负盛名的得莫利炖鱼。得莫利本是靠近俄罗斯的小村庄，当地村民以捕鱼为生，吃鱼自然会有特别之处。选择鲤鱼或草鱼或鲫鱼，热油煎过把鱼取出，用葱姜爆锅，再放入干辣椒和大料老抽大酱料酒，添汤后放入煎好的鱼，炖10分钟左右放入土豆、豆腐、粉条和白菜，加盐，小火炖15分钟收汤，装盘，撒上香菜即可。很家常的一款菜，没什么技术含量，家庭主妇都可以操作。

东北的店家一般打出铁锅炖的招牌，江鱼铁锅炖或者杂鱼铁锅炖。世卫专家认为用铁锅烹饪是最直接的补铁方法，其实店家还是意在表达继承传统。往往一口锅中会有好几种鱼，三种的居多，盛鱼的器物就是黑漆漆油渍渍的锅，上面一个木头锅盖，从锅盖的缝隙“嘶嘶”地向上冒着热气。有的店家更具特色，直接把餐台设计成了灶台样子。中间这口锅并不比桌子小多少，当着客人的面现场烹制，还很怀旧地在锅边贴上一圈玉米饼子，很有原始风味。

东风正好，开江的日子渐近，准备好了闲情，再加一壶烧酒，是不是足以慰风尘呢？

# 亲爱的大酱

夏天的菜园子里，两个顽童捉蛐蛐。一言不合，就丢了蛐蛐，追打起来。跑在前面的，步子灵活矫健，边跑边回头做着鬼脸，来呀，追呀，你瞅你胖得跟狗熊似的！后面的“狗熊”喘着粗气，涨红着脸，脚底下认真地绕过花花木木，穷其力气，锲而不舍。许是受了侮辱之后爆发力大增，明显地快了起来。前面的太自信太骄傲，像“龟兔赛跑”里的兔子。跑到院子里窗户下还冲着“狗熊”张牙舞爪地得瑟呢，“狗熊”已经近在咫尺。兔子一时慌了手脚，情急之下，看到身边的酱缸正敞开着，“嗖”地一下拎出酱耙子，来了个骑马蹲裆式，左手掌心向上于头顶，右手举起酱耙子在额前。就见酱耙子“滴滴答答”

地往下流着大酱。“狗熊”不敢近前，兔子美的呀，深深地吸口气，好香啊！仍不过瘾，竟伸出舌头在酱耙子上舔了一下。身后门帘子哗啦一响，“啊？！干啥呢这败家的孩子，我的大酱啊！”兔子听他妈这一惊一乍的，知道是坏了事儿了。说时迟那时快，兔子妈在抢下酱耙子的瞬间，巴掌也劈头盖脸地落了下来，兔子“哇”的一声号啕起来，顷刻间，眼泪鼻涕和着大酱，满脸一派泥石流的惨状。

大酱在东北农家的地位不可小觑，岂是可以轻易亵渎的？

做大酱是一件盛大而虔诚的事情。家庭主妇只在农历二月逢八的日子开工做酱。先把黄豆烀熟，在锅里焖一宿，制成酱坯子，阴凉处晾三五日，然后用牛皮纸包好，搁在炕梢、锅台一角热热乎乎的地方，等待发酵。到了四月二十八，去掉包装纸，把发好的酱坯子掰成小块在太阳底下暴晒，会有油脂渗出。观察里面的颜色，红的，黄的，绿的，黑的，据说这菌的颜色越多，酱会越好吃。下酱的时候，一般选择在下午四五点钟，至于理由，民间大约有解释，或者根本没有理由，祖祖辈辈就是这么一脉相传的。我的想法是，酱块充分地吸纳了阳光，在它还来不及滋生新的细菌时，及早地与盐水相遇，让一缸大酱，永远照见晴朗。

下好了的酱，缸口要用白布蒙上，白布上钉一红布条，据说可以驱虫辟邪。你别问是否灵验，这么问就愚钝了，不解风俗了。三天后打开，进行打耙。早晨打100下，晚上打100下，使酱块充分溶解在盐水中。也有更讲究的，早晚各500下。天天如此，坚持月余。打耙打得勤，发酵就发得好，酱的味道就更醇香。大姑娘小媳妇老太太打耙最有耐心，与其说她们是在机械地劳动，不如说是在磨练生活的心性。

不满月的酱是不能拿出门的。去别人家里串门的孕妇，或是正逢经期的女人，万万不能看人家没过月的酱缸，否则，这缸酱就会变味儿。约定俗成的东西，别去讨嫌就是。

酱缸一般放在通风且光线好的院子窗户下。准备一顶铁皮做的圆锥形的“酱帽子”，下雨的时候要及时扣上，不然淋了雨会生蛆。即便在寒冬腊月，酱也不会冻住，盐分太高了，有句俗语“小孩的屁股大酱缸”，耐寒哪！东北作家萧红的《生死场》和《呼兰河传》里都写到酱缸，尤其是《呼兰河传》中有一段拿酱帽子淘气的描述，极为生动。

东北民间还有个风俗，搬家的时候，酱缸先进门，意为“兵草未到，大将先行”，并且要声情并茂地喊一嗓子：“大将到喽——”由此可见，这酱缸在居家的地位，竟颇有些镇宅之意。

在城市里，已经寻不到酱缸的影子，酱香，却依然萦绕在家家户户的餐桌上。铁锅炖鱼，酱香茄子，酱爆鸡心……酱香，即是永恒的东北味道。最简单的吃法则是蘸酱菜。大多蘸酱菜是生吃的，大葱小葱，香菜，白菜，酸菜心儿，黄瓜，小辣椒，生菜，臭菜，婆婆丁，白萝卜，等等等等，无所不蘸。也有熟食的，土豆烀熟，面面的，就着酱腌的熟芹菜叶，别有一番滋味。也有把菠菜柳蒿芽儿或者冻白菜焯了的，蘸着大酱，也好吃。鸡蛋酱、肉丝酱，酱焖子，更是餐桌常备小菜。掰开一个纯碱的开花大馒头，把肉丝酱夹进去，顺带着夹上几根香菜，两手捧住，大口咬下，不说了，你去想吧。

许多东北人，都这么长大。

曾经在旅途中，看到有人用色拉油的塑料桶，装了满满的大酱，带到南方，看着亲切。忍不住问，现在超市买大酱也方便啊，这有多麻烦。一个壮年的汉子，呵呵笑着，不一样不一样，这是老家的味道，妈妈的味道。

# 豆腐啊豆腐

《呼兰河传》里萧红写豆腐那一段十分可爱。小葱蘸大酱若外加一块豆腐就锦上添花了。用筷子触一点点豆腐就能吃下半碗饭，再触一下一碗饭就完了。买不起豆腐的人向往着开豆腐房就可以自由随便吃豆腐了，然后他五岁孩子的理想则是开豆腐房。还有更传说的，为了这美妙的一盘菜竟想倾家荡产，扬言“不过了，买一块豆腐吃去”。

我和豆腐的渊源，或许可以称之为前世今生。

东北盛产大豆，味道自然纯正。但是遗憾，年少时我不喜欢吃豆腐，没有原因，现在也会有小孩子不吃这不吃那，长大了口味就合群了。小时候家里做饭，每顿也就一个菜，没有选择的余地。我爸我妈明明知道我挑食，却也不难为我，做豆腐的时候，兑上白菜或者土豆或者海带，我就挑里面的“特供菜”来吃。

当年我妈为了调剂一下餐桌，会换一种豆腐的食法，把一整块豆腐戳到油锅里，打进去一个鸡蛋，说这豆腐吃起来就没有豆腐味儿了，就是炒鸡蛋！嘿，这个我还真吃了。现在想来，无非是哄孩子吃饭的花招。可也别说，某一天我看梁实秋先生的《雅舍谈吃》里面写豆腐，我妈的这款菜竟然叫“鸡刨豆腐”，此前我还一直以为是我妈的原创。

对豆腐真正产生好感是因为到了安徽。先是在皖西六安，大别山区，那地方离公路 7 公里，到了公路离市区 29 公里。红军的故乡，将军的摇篮，把酒家万里，开轩是群山，你想它有多偏僻就有多偏僻。交代背景就是想说，想吃点好的太不容易了。经常在傍晚时分，当夕阳把群山染成金绿色，穿过竹林，农舍，田畴，拐一个弯，再拐一个弯，跟水塘边上捶打衣裳的大嫂打着招呼，路上闻着夏日高温熏晒的牛粪鸡粪还有其他混合的味道，便到了磨坊。打一小盆豆腐脑，从原路返回。这时天儿已擦黑，回到驻地，拌上一路的夕阳，调上麻油，撒上盐，青青碎碎的小葱，几粒味精。顶着头上摇摇晃晃的大吊扇，那些素朴的日子因为黄晕晕灯泡下颤悠悠的豆花而多了几分姿色。

后来很多年我生活在江淮地区的合肥，看到各种豆制品。东北的水豆腐在合肥变得细腻了，才知道美女被称作“豆腐西施”太形象。干豆腐在那里改了名字叫千张了，千张结，千张丝，名字像诗人所取。市场上的鱼头卖得比鱼身子贵许多，因为它是砂锅鱼头豆腐的主原料……到饭店和亲戚朋友吃饭，小小豆腐竟然做出各种口感。我竟不知道，豆腐原来可以这样的美味！二十年前的南北方在饮食的做工上存在着天壤之别，即使现在也不得不承认，南方的菜品比北方的精致许多。那是一个春天，一群女子到古镇三河游玩，孙立人的三河，杨振宁的三河。那么古色古香，那么历史文化都厚实的青石板路上，女人们嗅到的竟是食物的味道。试探着叩击门环，果然是一家熬制香干的作坊，掀开锅盖，飘出来浓浓的八角桂皮还有不知名的香料味道。记得是一毛钱一小块，每人拣出若干，装进食品袋，带回城市，慢慢品咂。

一个朋友的亲戚开了一家小饭店，每次去最喜欢吃小老板做的臭干子煲。正方形的干子对角线切开，把肉糜塞进去，油炸，然后煲里加了浓汤汁，火上煨，端上来之前撒上青蒜末，真香！

我曾纳闷黄豆的主产区在东北，安徽的豆腐品种为什么如此繁多，制作如此精良。后来终于找到答案。皖北寿县，那是豆腐的发源地。两千年前，汉高祖刘邦之孙——淮南王刘安在八公山炼丹，无意中在豆浆中加入了石膏，丹没炼成，豆腐从此名扬天下。这段内容在《舌尖上的中国》第三季有记录。那年去寿县，朋友在饭店安排了一桌子菜，除了一道公鸡煲有印象，就是各种各样的豆腐了，基本等同于豆腐宴。

说来说去，我对豆腐的感情是和一方水土有关系的。多年以后我离开安徽，怀念也好，习惯也罢，从此爱上豆腐。

先是到馆子里必须点豆腐。女儿很小的时候涮火锅就爱吃豆腐皮，她那时不懂这是什么东西，给它一个很有意思的名字——布。哈哈，豆腐皮烫好了用筷子挑起来的一瞬间，就像一匹布！大一点的馆子有一道菜叫香煎豆腐，煎过蘸着调料吃，很简单的制作，但是小店做不好。我买了香煎豆腐的调味汁儿，试着自己做，是跑偏的味道。打豆腐招牌的店越来越多，九转小磨，豆地主，还真有特色。最喜欢用小好几号的“桑拿盆子”端上来的豆花，调着鸡蛋酱辣酱豆瓣酱香其酱什么的一勺一勺地秃噜进去，仿佛从口腔到肠胃都是温顺的了。以前玉氏滋味馆的煎饺有一种青菜豆腐馅，最近又去，说没有了，挺遗憾。鲁福楼有一砂锅，白菜豆腐粉条海带汤汤水水一锅炖，很家常也挺好吃。还推荐一下我们单位食堂的豆腐丸子汤吧，甚好。

有一年去济州岛，点了一份酱汤——韩国传统菜，怎么吃也没有中国的正宗，大约就是豆腐不够地道吧。

当然大多时候还是在家里做家常豆腐。那天炒了一份尖椒干豆腐，这可是东北地区的传统菜，操作简单，口感也没什么特别。最主要是干豆腐俗称干对付，做这个菜有敷衍之意。可是闺女端着饭碗，边吃边说，老妈你是真厉害，一个“干对付”都能整得这么下饭。这不能不说是种鼓舞。

平时去菜市，我是不记得什么东西多少钱一斤的，甚至在问菜价的时候也不入心，多少钱一斤都会买，询问菜价只是买菜的开场白而已，可是我对那一块水豆腐的价格却极其敏感。我家附近，三家卖水豆腐的地方，一家两块，一家两块五，一家三块,开始时迷糊儿,这差别是分量还是品质还是别的什么?我想大抵是因为店铺的位置决定的，繁华地段与略偏些的地方存在差别。小小豆腐折射经济问题，但还是觉得贵的和便宜的差价大了一些。琢磨不明白就不琢磨，每天还是小葱拌豆腐麻婆豆腐松花豆腐白菜冻豆腐换着样儿来做。

其实豆腐就像平常的日子，就像平常的心情，本来没什么味道，需精心料理，才会变得有滋有味。少年不识豆腐香，也在情理之中。

# 土豆入汤

大约六七年前，我随朋友回到她在北大荒腹地的故乡宝清县。她盛情的同学们十分好客，我一路跟随东游西逛，而每天最盛大的事情莫过于吃吃喝喝。从第一餐开始，我们的餐桌上总是有一钵土豆丝汤，每餐都有，仿佛是这县城中所有饭店的招牌。

记忆开始复苏。说我们那代东北人是吃土豆长大的，一点也不为过。小时候家里若烙饼吃馒头花卷，菜就省了，干粮就着咸菜，喝一碗土豆丝汤，既温又饱。后来条件逐渐好转，不知道什么时候它开始淡出了我们的视线。

我还能记起操作要领。回到自家的厨房，便动起手来。土豆不要用刀切，用刨丝器，我们当地叫“擦菜板”，并且把第一个字读成第三声，算是方言吧，方言的表现力往往比标准读音更容易意会。擦出来的土豆丝不要过水，使它保留足够的淀粉，这是关键。把葱花和花椒粉略微在热油里爆锅，下进土豆丝翻炒，添水，熬开。土豆丝是脆是面根据熬制的时间长短决定。加上盐，鸡精，胡椒粉，撒上香菜末，就可以出锅了。由于东北土豆中淀粉的含量高，汤汁与土豆丝浓稠得浑然天成。简单、绿色、营养、清淡，是一款居家常备的保留菜品。

其实东北人惯于吃炖菜，有的炖菜是既菜又汤的，这种菜既当菜吃，又当汤喝，而土豆可以和各种食材搭配。比如土豆炖牛肉西红柿。这算是红菜汤的精简版。红菜汤作为俄罗斯人留在哈尔滨饮食文化中比较重要的一笔，使这座城市多了几分异域情调。但由于红菜汤所用食材复杂，口味上也并不家常，东北人就取其精华牛肉西红柿土豆，改良成了本土菜。把牛腩切成块打水焯，冷水冲净后加上葱姜黄酒用文火炖，需多添些水，七八分熟以后加进土豆块和切好的西红柿，继续文火炖。如果换一种思维，这就是牛肉汤里加进去土豆和西红柿，西红柿冲淡了油腻，土豆在长时间的熬制中逐渐分解到汤汁里，咸鲜的味道中夹杂着清爽的酸，口感上又有土豆的醇厚，实在像长期生活在一起的一家人，你给我阳光，我送你雨露，这里有包容与吸纳，热气腾腾，其乐融融。

还有一种家常汤菜不可不提，土豆炖白菜冻豆腐，有时候里面也加点海带，有点五花肉是最好的。土豆白菜海带都切成条状备用。冻豆腐需要提前化好，切块。锅内少量油加热，翻炒切成片的五花肉，加葱花，爆出香味，放进土豆白菜翻炒，加入足够量的清水，把冻豆腐块和海带条放进去，先大火后中火。熟了的土豆是面面的，放嘴里一咬即碎，融在汤水里的，被蜂窝状的冻豆腐吸收，咬一口，汤中有菜，菜里有汤，口感及营养均属上品。

许多人是有土豆情结的，在即将到来的夏天，让它以较为食客接受的方式，幻化在汤汁里。

# 在东北吃虾

美女编辑在微信里说写写东北的虾吧，一下子就懵住了，东北有虾吗？

那一瞬间我确实忽略了我们大东北也有江河湖海以及不计其数的溪流池塘水沟之类，更主要的是我把东北的概念只局限在眼皮子底下了，忽略了辽东半岛那片浩瀚的海域。可是只局限在眼皮子底下也不对呀，我的家在东北松花江上那里有漫山遍野的大豆高粱当然江里头应该不乏小鱼小虾的。所以，东北有虾吗，这一貌似肯定的反问句式，既叫旁人笑话，又让自己深深不安，对我多年里不知不觉吃下去的那些本土的虾们，心怀歉疚。

东北人对螃蟹啊虾呀并不表现出多大的热情，早些年是因为肠胃里缺油水，打牙祭需要热量高的食物。现今家常餐桌也有了讲究，基围虾、竹节虾、青虾、虾耙子等种种名目，来自市场或超市，产地不详，即便确属渤海湾一带出产，也不具东北代表性，放之四海而皆有。高档餐馆里那些爬冰卧雪的鲜虾刺身澳洲龙虾隔着玻璃器皿活蹦乱跳的醉虾，它们只能居庙堂之高，无法得到江湖之远的劳苦大众的认同。百姓餐馆里风靡盛夏的小龙虾，来自江淮地区，出身卑贱却备受青睐，长途托运中出师未捷身先死，耀武扬威的造型颇有兵马俑的气势，没了气息，浑身上下仍旧洋溢着威猛的正能量。

虾之种种，要么来路不明，要么高高在上，要么辗转至此。

倒是从我父亲那辈人身上，可以确切地知道这方水土生长什么样的虾。他告诉我，要说虾，在他儿时，江汊子里的虾那才叫多，小孩儿们夏天拎着土篮子，在水里那么一舀，往上一提，水漏下去，蹦蹦跳跳的小虾就留在了篮子里。有强悍的小孩儿，挑拣相对大一点的虾，往手掌上“啪啪”地摔几下，掐头去尾，生生地就吞了。大多是带回家，搁上辣椒酱油爆炒，就着大饼子，美美地享用。

父亲的话点醒了我。这样的小虾我是吃过的。在有地域特色的小餐馆里，那种叫作“干煸江虾”的就是了。红艳艳喜滋滋的样子，长度不过两三厘米，永远长不大，身上没有多少肉，去掉头和须，内容更是所剩无几，在辣椒蒜苗以及酱香的烘托下，鲜香而又醇厚，吃起来上瘾。特别是酒逢知己时，千杯已少，吃嘛嘛不香了，唇齿间活跃的唯有虾的余味。后来我在江边遇到捕鱼人刚打上来的江虾，装在塑料桶里兜售，呈青黑色，半透明状，很便宜。我问怎么吃，捕鱼人爱理不理，像是对我的问题嗤之以鼻，又像知道我不过打听一下罢了，边忙活边抛下几个字，炒，盐水煮。在菜市场也见过，小山一样堆着，少有人问津，倒是也曾打算称上一两斤，干煸出红红绿绿的一盘子，再整两瓶啤酒……

也吃过别样的做法。曾经在漠河的北极村吃农家菜，农家做菜要表现出好客，就得在制作工序上多费些工夫。用盘子端上来的时候，是一块一块不规则的形状，抄起一块咬一口，才知道主要食材是江虾。有厨房经验的人一看便知，这是用面糊鸡蛋裹了虾油炸而成。味道不差，但被油炸过，心理上先接受不了了。

在兴凯湖，吃过一种小白虾，很著名，当地人就叫它湖虾。兴凯湖原生态到蛮荒，吃湖虾的那一天，就在这蛮荒的大湖边。烈烈的太阳，风不平浪不静，湖不像湖，海不是海，此情此景，风萧萧兮，大有壮士仗剑走天涯的悲壮之感。三五人聚在凉棚下，看沙滩上人来人往，感慨人生几何。这时候有包着纱巾挎着篮子吆喝湖虾的妇女走过。地主走上去买下一碗又一碗，用塑料袋装了，敞开口撂在小矮桌上。粉白的，一搭眼就知道是盐水煮的，还没吃，虾的香气就扑鼻了。我们问，没有筷子，怎么吃？地主笑，伸手抓了一只虾的头部，把身子咬下，小小虾头撂在桌子上，又拈起一只，咬了，丢下头……我们看他吃了半天，像嗑葵花籽，也便跟着这么吃。

现在想来，那是我吃过的最美味的东北虾。

# 东北什锦，叫人不想家

在东北，家常凉菜是一年四季都吃的。早在一二十年前，东北的冬天里是见不到新鲜蔬菜的，那时凉拌菜只有老三样：白菜、粉丝、干豆腐（千张）。苍白而又缺少美感。每到春夏之际，枯萎了一冬的东北人家的餐桌上开始显露出绿色，凉菜里也注入了鲜活的内容。烫过的菠菜娇绿娇绿的，冒着浆的黄瓜丝散发出诱人的气息，再辅之以嫩得初生婴儿般的绿豆芽，胡萝卜丝的颜色虽显得有点张扬，却可以使整盘菜都生动得跳跃起来。九十年代，从前用的粉丝进化成了粉皮，也叫拉皮，制作工序我不懂，但比粉丝有韧性，筋道。市场上有专门做这生意的。基本材料大体如此，这样一点那样一点，盘子装不下也不好搅拌，只能将它们一样一样码在盆里，如果稍不留神，备用的菜太多，盆就冒了尖，不要担心吃不掉，这东西，吃饱了再吃几口也无大碍。凉拌菜的调料是这道菜的灵魂。东北不产麻油，南方运过去的麻油都在二十几块钱一斤，所以不可以太奢侈，就在上面点那么一两滴，想来当时的香味并非味觉上的，更多的来自于心理。不过，如果切些瘦肉丝，在豆油锅里炒成金黄色，撒上少许花椒粉，淋到菜上，同样香气扑鼻。然后，加上盐、味精、蒜泥、醋。啊哈，成了。

这菜，要在一定背景下才会吃出感觉。啥背景呢？东北的春风，绝不像母亲的手抚摸着你，它是肆虐的，晦涩的，灰尘从你的眼耳鼻口无孔不入，让人焦躁得提不起胃口。上小学的时候，每年开两次运动会，每次要开两三天。一次是学校组织的，还有一次是市里组织的，中小学生捧场，孩子们虽然快乐无比，但是在那个春风还未刮尽骄阳已经爬上来的季节，在户外折腾那么几天，一个个都变得灰头土脸。做教师的母亲带着我和弟弟从郊区的运动场步行回到家里，迎接我们的常常是很少下厨的父亲精心制作的凉拌菜，外加每人一只咸鸭蛋。离家以后，遇到春风吹起的日子，会很自然地想起那些年简单、清凉的晚餐。

东北的家常凉菜到了南方被称为“东北什锦”。什么时候什么人引入的，又是什么人赋予它这个美丽的名称，不必探究。

所选用的材料略有变化，每一家酒店有它自己的特点，有的偏甜，有的重酸，但始终坚持走“东北特色”的路子。我在南方待了十年，开始时只有到了饭店才会点上一道慢慢品尝，后来每当身体疲乏食欲不振，尤其是气候干燥难耐时，吃什么都难以提起兴致，就自己动手，根据个人喜好加工制作。那种感觉，像回家。

东北什锦，家居的味道，也承载着离人的思乡情怀。

# 玉米及其另一种吃法

从前歌里唱“我的家在东北松花江上，那里有漫山遍野的大豆高粱……”大约是因为语言节奏的关系，实际东北物产更具代表性的应该是玉米。有一年越狱的犯人钻到玉米地里就像躲进了青纱帐，直升机都找不到。苍苍茫茫的一大片，铺天盖地的阵势。

东北人对玉米有一种特殊的情感。在漫长的年代，玉米负责填饱东北人的胃。自我记事起，我周围人家的主食大多以玉米为主。煮玉米，玉米饼子，玉米糊糊，玉米菜团子，发糕，大碴子，窝窝头……

夏天到来的时候哪家都得烀几回玉米。刚出锅的玉米香气最浓，有孩子着急吃可是又烫手，主妇就在直径大的那一头插根筷子，小孩儿握着筷子吃就烫不到了。其实这样的吃法最大的特点是卫生。常见的也有不讲究卫生的。比如把晾凉的玉米一排排搓下来，有的搓一点吃一点，有的孩子都放在碗里，码成小金山似的，好有成就感，或者有娱乐心，不时地抓起一把，丢进嘴里大肆咀嚼。那烤玉米在当时可算稍微有点创意的，既不属于主食也不属于副食，用现在的话来说叫休闲食品。孩子们也不注意洗手，拨拉下来几粒，边嚼边摸起玻璃球进行弹射。久之大概都有了免疫力，没听说谁因为这个生病的。再就是街边手摇的爆米花机旁，无论春夏秋冬，永远围着大大小小追追打打的顽童，它们能让小孩子平添许多温馨记忆。

好像最难吃的当属窝窝头，椎状，底下用拇指掏成空心，制作粗糙，口感硬，老辈儿人会说，不能犯罪，犯了罪就得去蹲笆篱子，每顿饭只有窝窝头吃。笆篱子是监狱的意思，很长时间我以为监狱里的犯人是每天蹲在那里受惩罚的。

似乎在这众多以玉米为原料的食物中大碴子最为普遍。主妇配以腌制的芥菜疙瘩，夏天可以有蘸酱菜或腌黄瓜，炒盘土豆丝，条件稍微好些的时候每人分个咸鸭蛋，就可称其为一顿饭了。我吃这东西不行，黏稠的一碗，吃下去觉得胀肚，不久又饿。也有在盛夏时候把煮熟的大碴子用冷水过凉的，颗颗粒粒盛一碗，扒拉进嘴里，果腹而已。东北有一句嘲讽人的嗑儿，说某人“一股大碴子味儿”，其实哪里是说味道，那表示此人说话的腔调太乡土！足以说明大碴子的特点了。

玉米饼子，俗称大饼子。好大的一口铁锅，锅底炖了土豆茄子，锅边贴一圈椭圆形的饼子。风箱呼呼地拉着，柴火烈烈地燃着。若干时间，菜熟了，饼子也熟了。现在去饭馆吃饭，也有这道菜，迷你的锅直接端上来，饼子也袖珍了，锅里的荤腥味儿却足了。

我印象中少年时期吃过一回很特别的玉米。一个夏天，我爸在农村的朋友送来两编织袋的玉米。那时候大家的生活质量都开始逐渐好转，吃玉米的机会不多，显得很奢侈了。我妈把玉米叶子剥掉，把米粒用擦菜板打下来，调上油、盐、花椒面、葱花、鸡蛋等作料，用玉米叶托住，在锅里蒸。烧开了锅以后，香气开始溢出来，清香满屋啊，纯天然的香气，现在仿佛还能闻得到。长大后知道了这东西为何如此清香。夏天的玉米离开土地还不久，裹在层层衣裳里的玉米粒还保存着丰富的天地精华，再就是玉米叶子的秘密了。粽子是因为竹叶而味道特别，我们现在餐馆吃到的菜品，诸如荷叶饭，竹筒饭，泰国菠萝饭，无不借着天然的优势活出了与众不同的气息。我当时问我妈，这么好的东西怎么以前从来不做？我妈说那谁吃得起呀！不出数，不扛吃。那以后也并不常做，是因为有更好吃的东西了。偶尔放暑假有闲暇，做教师的妈妈没了工作的羁绊，就把这当成休闲活动了。我看过两次操作程序，简单易行，还谈不到刻意学习的程度。在这不太忙碌的夏天，我也奢侈地做了一次玉米饽饽。

对，它叫玉米饽饽。

## 过个拔凉的夏

黑龙江的夏天较之于南方，实在不好意思称之为夏天，即便这样，当地人过夏，那叫个任性。喝热茶的少，喝冰水的多，餐桌上的凉拌菜成了主角，啤酒一定得冰镇，拔凉拔凉的才过瘾，才霸气。

在黑龙江东部一个叫鸡西的城市，朝鲜族人口约占人口总数的 10%—20%，这在当地人的饮食习惯上也有所体现。众所周知，韩国人食凉，我们的朝鲜族也有同好，比如“鸡西大冷面”便是。鸡西大冷面与韩国冷面相比较，只是口味上略有差异，但无从考证是韩国冷面改良了鸡西冷面，还是鸡西冷面改良了韩国冷面。反正，这冷面从一入夏开始，就格外受东北人的青睐。

据说小小鸡西城仅冷面馆就有五六百家，从前夏天是旺季，后来春节一过，吃腻了大鱼大肉的人们便涌向冷面馆。聪明的鸡西人又把冷面馆开到了哈尔滨、沈阳、北京等大城市，在北方地区逐渐有了知名度。我看陈晓卿写的《至味在人间》一书中，就有一篇他当年在北京上学时候如何爱上鸡西冷面的文章。

冷面主要用荞麦面和适当淀粉做原料，这种食材柔韧耐嚼，口感上乘，把它们混倒在一起，用开水烫面，需要稍微有点硬度，再加上少许碱。和好了以后用面条机压制，即吃即煮。面条煮熟以后在凉水中过凉，普通自来水即可，捞出来盛放在一只大海碗里备用，碗要足够大，给汤菜留下足够的空间。操作起来确实略显麻烦，好在市场上也有干冷面出售，泡好了开水一滚即可。但与现做现吃的比较，口感和营养就有差别了。

再来说说配制辅料。配料的重中之重非辣白菜莫属，这是有着明显地域特色的泡菜，辣脆白红，美不胜收，营养丰富。面上放那么几片辣白菜，顷刻就有朝鲜族的风味了，仿佛你到了鸡西并不知道谁是朝鲜族，但是把他们的民族服饰一上身，民族特色瞬间彰显。鸡西大冷面中的辣白菜，在味道和形式上就起到了这样的作用。再切上几片薄薄的酱牛肉，西红柿片，黄瓜丝，把卤鸡蛋切开，一碗面里放一半即可，盐糖鸡精虾皮香菜香油黑芝麻，一样都不能少。

似乎一切都备齐了，似乎可以大快朵颐了，不，它还没有灵魂，它还没有活起来。这灵魂便是汤。什么汤呢？深井水当然是首选，鸡西当地最火的店打的就是这个招牌。没有的话，可以用纯净水，凉白开，冰镇了以后，浇在面菜齐备的大海碗里。这碗面，便山环水绕，绿树红花，妖娆得很了。

骄阳似火的日子里，吃嘛嘛不香，这时候来一碗鸡西大冷面，拔凉拔凉的，再舀一勺辣椒油淋在面汤上，咸中带辣，酸中有甜，爽滑柔韧，令食欲大增，无比畅快。

## 抡粉皮，即将消失的厨艺

说这个话题，得回到小时候。

那年月的东北人每到入冬前，家家户户的白菜一车车地买，土豆用麻袋装回家。到现在仍然有老人们保留着储藏秋菜的习惯。孩子们已经无法想象上顿白菜下顿土豆的日子，说给他们听，连我自己也觉得那是像故事一样遥远的事儿了。

既然单调，家庭主妇就得变着法儿活跃餐桌。我妈常做的有炖土豆块，蒸土豆条，土豆泥大酱打饭包，炒土豆片儿，炝土豆丝儿。要是能改善生活吃顿鸡和鱼或者排骨啥的，也会配点土豆在里头，于是那锅沾了荤腥的土豆就身价倍增了。

抡粉皮的食材便是土豆。我记得我妈会把擦菜板擦好的土豆丝在清水里泡上一阵子，捞出来以后水并不倒掉，让它沉淀。不多久，轻轻地把水澄掉，盆底会剩下厚厚一层淀粉，清淤一样地刮出来，搁在太阳底下晒干。一回，两回，三回……积少成多，放在容器里储存好。需要有个特殊的日子才能抡粉皮，有客人来，有谁过生日，逢年过节，或者因为我的强烈要求，或者只是我妈有闲有心情。总之它不能随随便便地被享用。

抡粉皮的程序是这样的，在干淀粉里面加入清水，沉淀一会儿水上会浮出来一层灰尘，把水滤掉，反复几次，相当于把淀粉洗净。再次加入清水与淀粉搅匀，备用，同时捏一点点明矾，能起到柔韧的作用。烧开一锅水，还需用一只浅浅的铝制圆盘，直径二三十厘米，高不过两三厘米，我们都叫它粉镟子。粉镟子置于开水上头漂浮，舀一大勺水淀粉，均匀地铺满璇子的底部，然后大拇指和食指捏住粉镟子边沿，顺时针那么一抡，“抡”的意思应该就是这个动作了。顷刻间淀粉就干在了盘底，呈白色，这时候让粉镟子侧翻，锅里的开水就覆盖了粉皮，粉皮与盘底自然剥离，捞出来的时候，呈透明状，放在清水里备用。直到抡完所有的水淀粉。这也还只是半成品。

最经典的吃法是凉拌，从清水里拎出粉皮来，切成宽宽的条状，用黄瓜丝香菜末蒜蓉香油醋做配料和调料，那真是夏天消暑的上品。也有热爱麻酱的，把麻酱用盐和香油味精调好，浇在粉皮上，很是香腻。

有时候我妈也花样翻新，把粉皮切成一片一片的，用葱油炒，有个很形象的名字，叫炒玻璃片。

现今市场上用机器批量加工的大拉皮，无法跟我们自家的粉皮相提并论，材质、口感差别较大。虽然现在淀粉可以买到现成的，无需一点一点地积攒，但菜市上食材琳琅，这门手艺，便不自觉地被抛弃在了贫瘠却纯朴的从前。自家的粉皮，在食品安全叫人忧虑的今天格外令人怀念。那个在热气腾腾的锅里晃晃悠悠的叫粉镟子的东西，也不知道遗落在了哪里。

# 话说小笨鸡

土鸡，草鸡，柴鸡，其实都是一码事，地区不同，说法不一。北方叫笨鸡，赵本山先生的《不差钱》里面早给大家进行了普及，下趟饭店人家什么材料都带着，笨蛋和大葱一起炒。这笨蛋的妈妈就是笨鸡。

“笨鸡”这俩字不宜说得字正腔圆，那就仿佛真是一只蠢笨的鸡了。通常称“小笨鸡儿”，小，体现它本身的可爱；儿化音，体现的是说话者的情感。至于为什么用了个“笨”字，不得而知。小笨鸡儿在东北人的餐桌上有着怎样的地位呢？民间有句俗话“姑爷子上门，老母鸡断魂”，是说对女婿的重视，小门小户杀只鸡待客已是相当隆重，堪称最高规格的接待。

在我的故乡，有一条不起眼的街道，曾经以专门做笨鸡而闻名。说“曾经”，是因为我不晓得现在是否还经营此道。各家各户的临街平房，纷纷打出正宗小笨鸡的招牌，并不怎么装修，就着原来住户的格局，只是摆上那么几张桌子，朴实到仿佛回家，尤其像我们长期在外的游子，对原生态的怀念在这里得到满足。我是专门巡视了一下那家店的后厨的，拾掇好的十几只鸡摆在大洗衣盆里，泡了的蘑菇和粉条分别用较大的容器盛放，老板说每天就这么多鸡，店堂就那么几张桌子，都得提前预订，订位晚了谁打电话也不好使，我总不能安排你在外面对着灰锵锵的马路吃吧。

我单位附近也有一家专门做小笨鸡的馆子。有一天我们一行人慕名而去，服务员说点别的菜可以，小笨鸡没有。为啥？乡下现在收不上来鸡，我们也不想用其他品种的来糊弄人，可以不赚钱，不能不赚信誉。这倒叫我们越发对这家店充满好感。

每逢春节前，有乡下亲戚，或乡下其他什么路子的，准能有若干只笨鸡被赠予。若干鸡又被派送给另外的亲朋好友，你来我往，其乐融融。那些作为礼物的鸡们，往往都已宰杀过，褪了毛，开过膛或者没开膛，开过膛的，心肝宝贝们都还在，除了命，其他什么都不少。它们的样貌是赤条条的，冷冻着，东北人不太在乎是否现杀现做，祖祖辈辈高寒地区的生存特点决定了特有的生活方式，这也是北方饮食不精细不讲究的原因吧。

小笨鸡儿最传统的烹制方法当属“小鸡炖蘑菇”。虽说现在城市里买只正宗笨鸡已经很难，但有颗执着的心，总会如愿以偿。蘑菇需有讲究，如果随便配上什么菌菇的话，是整不出东北味儿的，要放榛蘑才行。榛蘑号称“东北第四宝”，纯野生的菌类，很难进行人工培植，称其为“山珍”绝不夸张。东北有大兴安岭小兴安岭广袤的大森林，保护好了这方水土，咱们的餐盘里还会缺山珍不成？

烹饪程序也好操作。把鸡剁成小块，开水氽一下，洗去浮沫。热油，撒一小勺红糖，倒入淋干水分的鸡块翻炒，鸡肉变色后放入葱姜蒜老抽黄酒辣椒大料瓣，烧开后小火慢炖。炖的时间因具体情况而定。凭经验越是地道笨鸡越是不容易熟透，心急不得。榛蘑泡好，彻底清洗，小蘑菇们呈棕褐色，看起来干净利索，其实藏着很多细沙，洗不净的话吃起来牙碜。在小笨鸡半熟的时候，榛蘑就可以放进去了。慢慢香味会摆脱纯肉的庸俗，有了山野的气息。或许想象力丰富的文艺青年还能顺着香味飘到深山老林，遇到采蘑菇的小姑娘，背着一个大竹筐，光着小脚丫，走遍树林和山岗……想说明一下，鸡腿还是保留完好，不要剁小块，家里有孩子的，在满室香味浓得化不开、散不尽的餐桌前，扯着一个油汪汪的鸡腿啃得唇腮油腻腻，是生活的表情，那叫气氛。

东北人不敢说吃着小鸡炖蘑菇长大的，因为它曾经是餐桌上的奢侈品。现在算不得什么了，即便不是纯正小笨鸡，替代品种的营养成分也所差无几。家常菜罢了。

办公室有一年轻同事跟我讲了糗事网上的故事，一男子回家冲着老婆喊了一句“天王盖地虎”，老婆正在吃饭，面前摆一钵小鸡炖蘑菇，就顺嘴接了句“小鸡炖蘑菇”。后来也不知怎么这几句嗑儿成了糗友们的暗号：天王盖地虎，小鸡炖蘑菇，宝塔镇河妖，蘑菇放辣椒。

生活如此，有情，有境，有趣。

## 烤冷面及其发展史

大约十年前，我在路上走，遇到我的朋友站在马路边吃东西，还有她儿子背着个大书包，也一样旁若无人地吃。我近前好奇地打量娘俩，每人抱了一只盛小吃的纸碗，两指拈着牙签，无限深情地把那好吃的送进嘴里。我招呼了一声，美女妈妈瞅见我，掩住口鼻，羞涩地笑，下意识地递过来说你尝尝好吃着呢。我不接，就一直往我手里塞，死乞白赖，不容拒绝。我对路边摊一向抵触，可我这朋友既时尚又讲究，她能在这么一种环境中抱着这么一只碗不顾体面地吃得奋不顾身，可见诱惑有多大。

这是我第一次吃烤冷面，很有风味，很边塞，很特别。我的印象中东北是没有什么传统小吃的，不像大西北大西南那些地方，饮食文化是源远流长的。这烤冷面从何而来？制作工艺是怎样的？叫人好奇，从此留下了悬念。

开始留心路边摊。大多在中学、大学校园附近，当街摆一煤气罐，手推车里立一黑色平底锅。开了火，抹一层油，冷面压制的面皮铺上去，“嚓”打一个鸡蛋在面皮上，蛋黄与蛋清搅散，也可以把火腿肠纵向剖成几条，或者切成丁，铺在鸡蛋上。用无棱无角的铁铲灵活地把面皮翻个个儿，有蛋液那面就朝下了，喷水壶洒水，避免干硬。再翻回来，刷烧烤酱，撒香菜碎、葱花，卷起。还是那柄无棱无角的铲子，“嚓嚓嚓”分成几截，装碗，淋老陈醋，插上牙签。摊主得心应手，操练得十分麻利，整个过程不过两分钟，围拢着的那些孩子眼巴巴地等。

后来听说烤冷面被誉为“名小吃”，越发好奇。我本是土生土长的东北人，此前却并不曾知道有这样一种小吃。有一回跟一位旅游界朋友交流，他给我讲了烤冷面的起源。黑龙江鸡西市因为朝鲜族人口众多，影响了饮食习惯，当地人盛行吃冷面。有一老翁每天上下班路过一家冷面厂，有熟人就送给他一些冷面，他回到家就在灶上烤，打个鸡蛋，加些佐料，成了下酒菜。附近有个中学生偶尔来他家做客，便跟着一起吃。吃过了回学校跟同学炫耀有个什么东西很好吃，领着几个小哥们来品尝，大家一致说好。老翁是聪明人，发现了商机，就在学校门口支起来小摊，一时间热火朝天，供不应求。别人见了，也效仿。吃的东西可真是口口相传，烤冷面从鸡西小城被学到了更多的周边城市。据说哈尔滨的第一家烤冷面是在 47 中学门口，后来又到了师大夜市，再后来就遍地开花了。

每一种食物，都应该有它的成长史。有的我们能考证来源，有的在岁月行进的过程中已无从追溯。或许此时此刻，正有新的美食在酝酿，因为某种机缘巧合而诞生。

# 荠菜时光

我下班会路过一个街边菜市，常常不由自主看一眼卖新鲜蘸酱菜的三轮车上有什么新货上市。我倒是极少吃蘸酱菜，那东西只有在酒酣耳热之际才能凸显优势。我只是觉得三轮车上菜品隔三岔五的变化，标志着时光的流转，就像荷花开了是夏天，菊花开了到秋天。婆婆丁从春风刮起来就占据了抢眼位置，娇嫩的小白菜，并不臭的臭菜，玲珑的樱桃水萝卜，隔些日子胡萝卜样的水萝卜也上市了，接着刺老芽、柳蒿芽、香椿……挤挤挨挨摆满了一车。其实我执着地关注，是希望哪一天能惊喜地发现荠菜。但是一直也没有。

对荠菜的好感来自二十年前，春节时去江苏，好客的苏北人从门前的菜园子里挖出新鲜的荠菜，说不会做你们东北的饺子，给你裹馄饨吃吧。带着泥土清香的荠菜，乡下的猪肉，黄海的虾皮紫菜，组合堪称完美。他们把馄饨馅儿打得满满的，以更接近我们的饺子，希望解我乡愁。那是我第一次吃荠菜，从此难忘。后来在安徽，一到春天，菜市上荠菜明晃晃的绿，绿得招摇，夺人眼目。那些主妇打量摊床上一堆堆鲜嫩的小叶子，仿佛看自己的孩子，满心喜悦，怎忍心不带回家。然后餐桌上就有了荠菜圆子、荠菜豆腐羹、凉拌荠菜香干、荠菜鸡蛋饼……这春天的时光，仿佛就是荠菜时光。

东北的菜市上看不到荠菜，但是春天来到的时候，会有人到郊外挖野菜，大家除了挖婆婆丁，还挖一种叫做荠荠菜的，名字听起来萌萌的，不知道这名字是怎么个来由，其实就是荠菜。

春天里，去郊外挖荠菜，其意义就并非荠菜本身了。不是我硬要赋予它什么寓意，实在是每个人对事物的理解不同。辛弃疾在《鹧鸪天》里写“城中桃李愁风雨，春在溪头荠菜花”，在对比中表现了平凡事物生命力的顽强。陆游、郑板桥也都写过荠菜，滋味又不同了。

我的荠菜，其实就是一个小女子的小日子，最多折射一点小情怀罢了。

春节过后，大地还是冰封雪盖，我坐在电脑前，把网站上出售的荠菜看了又看，最终放弃。那会儿南方的荠菜正当时，若快递过来，在没有暖气的货仓待上一夜，或是快递车上耽搁半天，就成了冻荠菜。而当我们这里冰消雪化，毫不犹豫地提交了订单，将到未到时，客服很虚伪地提醒，亲，现在的荠菜已经有一些开花并伴有老茎老叶了，您这三斤荠菜大约要择掉十分之一吧。此时提醒已明显地不够厚道，却也怪不得人家，是我没经验。实际连同黄叶子扔了大约有一半。

当然我还剩了一半。把择好的菜放在水龙头底下“哗哗”地冲，看着蔫巴的叶子涨起来，绿起来，洗菜水泥浆一样浑浊起来，一遍又一遍冲洗后水变得清澈，留下一部分包饺子，做荠菜豆腐汤，剩下的，打水焯，冷却，放在冰箱里冻上，把春天，换一种方式保鲜。

## 春天的水萝卜

春天来了会有各种的好，不仅仅是“春风又绿江南岸”的视觉呈现，还有因为江河醒来土地复苏而带来的口舌之快。时节变化中，我以为对生活影响最大的事情，便体现在餐桌上。

在东北，水萝卜应该是最早上市的蔬菜之一，也有婆婆丁之类的野菜备受青睐，却总没有水萝卜的色彩夺目。它通体红色，皮里面的白没有一丝杂质，水分确实大，爽脆而带着些许的甜辣。被叫作“水萝卜”的有两种，一种形似胡萝卜，还有点像红色的人参，只是比人参丰腴很多，根须没有人参那么复杂。另一种水萝卜是圆形，红彤彤的，有喜感，近似于拇指与食指相接所成的大小，据说又叫“樱桃萝卜”，是学名还是俗称不得而知。一颗樱桃样的萝卜，摆着小小的根须，头上顶着一大片绿缨，看起来多么卡通，可爱极了。

水萝卜虽然耀眼，却并不是市场的主角，历史上它也从不是餐桌的主菜。从前的小孩子是把它当成水果来吃的，特别是胡萝卜形状的那种，午休后的上学路上，边走边剥了皮，“喀吧喀吧”地咬着，在春风里，在跟童年伙伴追逐的时光里，今天想起来颇有些借物抒情的意味了。

那时候主妇也许会炒一盘土豆丝，再把水萝卜以及萝卜缨洗净，摆上餐桌，同时标配一小碗豆瓣酱，上档次一点的当属鸡蛋酱。盛一碗小米饭，拈一片萝卜缨蘸一蘸豆瓣酱或鸡蛋酱，一口下去，碗里的饭就少了三分之一，用我们小时候的语言来说，贼下饭，再用一个夸张点的民间副词来说，那是嗷嗷下饭。

也有人把它当成下酒菜的，类似花生米素拍黄瓜啥的，我在有关文章中写到过。后来再琢磨，想法就有了变化，从水萝卜健胃消食、止咳化痰、除燥生津这些营养价值上来说，其实称它醒酒菜更合适，无论是茎还是叶，水分四溢，清香鲜嫩，酒酣耳热之际，没有比这再好的美味了。

如果作为家常主打菜，上述吃法明显不合适，我们应该探索水萝卜的出路。与热爱美食的朋友交流，很容易找到新的路数，凉菜热吃，素菜荤吃，把我们从惯有的思路里突破出来。有酒有肉的时候，它是小清新，没酒没肉，也足以挑起大梁，担当重任。这款红烧水萝卜的关键是用了酱油、蚝油和八角，意想不到地释放出肉香，仿佛它并不华丽地一转身，瞬间脱胎换骨。

曾经把红烧水萝卜的图片发到朋友圈，关注度颇高，有朋友依此法小试成功。远在上海的朋友说没见过这种萝卜，我在早市买了一些，找来快递小哥，因之前某地刚刚有快递爆炸案发生，小哥坚持把我包装好的箱子打开检查，一看“噗嗤”笑出声，嘲笑我花这么高的快递费竟然寄一堆水萝卜，太不值得！他自然不会理解，有些东西的轻重，不是用它本身价值的普通或贵重来衡量的。

# 浪漫红菜汤

朋友生活在南方。一个充满了浪漫情怀的女子。浪漫首先因为性格。其次，上大学的时候主攻俄罗斯文学，对白桦林、手风琴以及文学作品中所描述的俄式生活，骨子里就亲近。

她曾短信问我，哈尔滨的俄罗斯人多吗？中央大街像传说中那么漂亮吗？大列巴好吃吗？你会做红菜汤吗？

我能懂，一辈子研究俄罗斯文学的人，却没有机会近距离接触理想中的生活，不能不说是种遗憾。那么我所处的地理位置，我这个地方所渗透着的俄罗斯文化，对于我的朋友，有着辽阔的磁场。

我说，来吧，做红菜汤给你吃。

说这话的时候，我还没有尝试做过，但话说出来是有底气的，糊弄一个没吃过红菜汤的人，咋整都行。

红菜汤又叫“罗宋汤”。由于俄罗斯的英语为RUSSIA，当时上海的文人把它音译为“罗宋”。而在哈尔滨，则被称为“苏泊汤”，也还好理解，舶来品吧，舶自苏联老大哥。

朋友的飞机傍晚才到。我午后就开始了红菜汤工程。

牛肉切成小块，开水汆一下，断生。洗净浮沫。

西红柿切块，胡萝卜切条，大头菜（南方叫卷心菜）切成宽条，洋葱也不可少。待用。

文火煮牛肉。黄酒白醋生姜蒜瓣大葱香叶花椒一一加入，然后就让它在灶上慢慢地咕嘟吧，咕嘟出满屋子的香气，直至用筷子可以戳烂。

待用的菜品加入，中火熬。汤汁呈红色。加入鸡精、胡椒粉，便可以出锅。

实际上，我的红菜汤绝不正宗。正宗的红菜汤有浓浓的汤汁。所以必须要炝锅，把原料翻炒出香味。还需要加入一些现成的番茄酱增加色泽。我选择的是生牛肉慢慢地炖，目的是获取牛肉的原汤。而俄式红菜汤用熟牛肉即可，方便，快捷，但一定缺乏原汁原味。另外，我没有用奶油和黄油。首先我吃不惯这东西，朋友到底什么口味也还不了解。所以我的中式红菜汤就少了俄式的黏稠，在口感上有明显的区别，朋友进门的时候，我已经盛满一大碗晾在桌上，这家伙丝毫不客气，嚷嚷着，闻到俄罗斯的味道啦！

我只是暗笑。看她喝下一碗。又一碗的时候，她尤其夸赞了汤汁的美，对其他内容不再感兴趣。

隔日，我带她去吃华梅西餐。点了红菜汤。她只喝两勺，便放下，说，不习惯，没你做的好吃。

我笑晕。这可是正宗，是你读的文学作品里的红菜汤。

她摆手，我还是喜欢你做的。

呵呵，生活总是很近，浪漫总是很远。浪漫还是放在远处更好。

# 后　记

母亲是我的小学班主任，记忆中没得到过什么特殊照顾，倒是记得因为上课随便说话被她训得在全班同学面前“哇哇”大哭。无疑是故意小题大做，杀亲儆百，连累了那个跟我说笑的同学一起挨批。四五年级的时候她发现我的作文能力略有出众，为了教学需要，每次作文训练的下水文由我提前写出，供全年级使用。写作的兴趣便从那时开始萌芽。

成年以后一直把写作当成休闲，就像有人喜欢逛街有人喜欢打麻将，我的这个往往被高看一眼。单位的领导曾经问我，你怎么不出本书？我说我的情况出书得自费，还要自谋销路。她说我可以帮你。若干年后，我出版第一本书的时候，既没有自费，也没有自谋销路，跟我的那位领导已经隔了时间和空间了，托朋友捎去签名本，其实捎去的还有我对她当年仗义想法的感激，她大约能体会到。

那本书出来以后，无法做到亲朋好友人人相送。我的大姑，小学没上过几天，仅认识的几个字是跟孙女学的，晚年生活在北京望京西的女儿家。她冒着严重晕车的危险，乘地铁公交又步行，辗转跑到王府井新华书店，买了六本我的书，送给她的朋友。可是，她哪里有读书的朋友。

前一阶段我在整理眼下这本书稿的时候，精力颇有些疲乏。工作日有时四节课，有时五节课，有时课间还得值周，所谓的午休，每天只有25分钟属于自己。我会趴在办公桌上努力进入睡眠状态，以保障下午上课和晚上有精力看书稿。办公室的大姐，轻手轻脚地走路，开抽屉都在无声中进行，甚至创造更易于入睡的条件——关灯。20分钟以后，我会在上课的预备铃声里直起腰来，她常常关心地问，睡着了吗？

入伏了，空气黏湿，没有风，东北人受不了。这样的日子，这本书的编校工作进入尾声。

想起多年前的夏天，我客居合肥，租住在一间民宅。每天的温度都接近40℃，没有空调，电扇也不怎么解决问题。我就用那只居家司空见惯的最大号的红色澡盆，盛满了温水，把自己泡进去，不远处的电扇“嗡嗡”转着，我坐在水里，水凉了，再兑点儿热水，一泡就是两三个钟头，却也并不闲着，读书，写字，听音乐。

苦吗？当然苦。但是那时候年轻，年轻使人强大。经常给晨报晚报投稿，慢慢与编辑熟悉了，又通过编辑认识了文朋诗友，组成线下的朋友圈，比现在手机上的更有温度，有质感。

患过难的城市与患过难的朋友一样，过后会有刻骨的亲近。

兜兜转转，这本书将在安徽出版。对于一个热爱书写的人来说，一本书的诞生是人生大事，如同结婚，生子，因此惊动了若干安徽师友。九十三岁的美学家郭因先生题写书名，他老人家虽然年事已高，但笔力尤健，题字清新俊朗，依然呈现风雅扑面的气象。

马丽春老师是《新安晚报》资深编辑，游刃于医疗、书画、文学各界，我谈了想用她的画做封面的企图，她爽快应允，传过来几幅供我选择，我看花了眼，总觉得会有更适合的，要求她把朋友圈的三天可见撤掉，敞开了门让我挑选。

许辉老师有很多头衔，从中国作协全委会委员到安徽省作协主席，他的高产和忙碌从朋友圈可略知一二，打扰他于心不忍。可是我又想了，这种像结婚生子一样的人生大事，怎么可以潦草？谨慎地拟写了我的愿望，忐忑地等待回复，看到许老师第一句话我这心就凉了："现在除了好友之外，不给外人写序"，接着看后半句："所以这个序一定得写哟。"哈哈。

编辑高杨老师，不曾谋面。最初打过电话，听到的年轻的声音，我便称他小高，后来在数月的沟通中感受到他的专业水平，而且做事严谨，敬业，耐心，已不在我印象中小青年的范围，改称高老师。还有版式设计师，我还不知道他（她）的姓名，有那么几天，封面设计稿一改再改，不厌其烦……由此，我们认识了黄山书社。

还要表扬一下我早期的编辑、后来的好朋友金萍女士，从最初的想法，到后来的封面创意，到内容的选择，她功不可没。

关于书的名字，它是书中一文的题目，暂用做书名。后来选题批复后不能够随意更改。这是这本书和这个名字的缘分，是冥冥中的力量。

一本书的诞生，倾注了太多人的心血，还有一路走来那些看得见或看不见的推动力，不一一列举了，说声谢谢，再谢谢！

清风徐

2018 年夏于哈尔滨